「女の悦びと、男の悦び、同時に味わえるだろう?」
「い、嫌、ぁっ……も、ぅ……っ」

エロティクス・ミカド

姫は後宮に堕ち、龍帝の子を孕む

水戸 泉

Illustrator
幸村佳苗

ジュエル文庫

目次
CONTENTS

※本作品の内容はすべてフィクションです。
実在の人物・団体・事件などには一切関係ありません。

1　愛淫の閨《ねや》

「ん……ぅ、ぅっ……」

皇帝の閨に、甘い艶声が響く。若い女の声だった。

若い、というより、まだ幼ささえ抜けきらない少女の面差しは、あどけなくも淫靡《いんび》だ。

帝《みかど》から下賜された銀糸の着物は、彼女の――瑠華《るか》の白い肌によく映えた。

真珠色の肌も、今は珊瑚《さんご》のように紅《あか》く色づいている。欲情の徴《しるし》だ。右の太股《ふともも》に刻まれた緋色《ひいろ》の花は、龍王朝の徴だった。帝の寵愛《ちょうあい》を受けた女だけが刻まれる証《あかし》だ。

「や……い、や……っ」

幼顔には似つかわしくない、大きな乳房に、帝の手が伸びる。男にしては細い指だが、手のひらは決して小さくはない。剣の達人で知られた帝の手のひらからもはみ出すほど、瑠華の膨らみは大きかった。

「いやらしい軀《からだ》だ」

決して責めるのではなく、揶揄《やゆ》するように言われて、瑠華の顔にかぁっと血が上る。瑠華を辱めるその声は、低く響く美声だった。

後宮の美姫《びき》たちは、挙《こぞ》ってこの帝の寵愛を欲しがる。

ただ一人、瑠華だけを除いて。

「欲しい、と言ってみろ」

帝の言葉に、瑠華はふるりと首を振る。長い髪が、つられるように揺れた。

「……い、や……です……」

瑠華は頑《かたく》なに欲望を拒んだ。帝はそれ以上急《せ》くことはせず、淫行を続けた。

「はぁっ……ん、ん……っ！」

帝の五指が、白い肢体に這《は》い回《まわ》る。瑠華は今、背後から帝の腕に囚《とら》われていた。きつく抱く腕を引きはがそうとはするが、瑠華は決して、玉体に爪を立てたりはしない。

死が怖ろしいからではない。

死よりも怖ろしいことが、瑠華にはあるからだ。

「あぅっ……ンッ……あぁっ……」

瑠華の心をまるで無視して、その唇から甘い声が響く。

（い、や……そこ、ばかり……っ）

同じ箇所を執拗《しつよう》に弄《いじ》られて、瑠華は唇を噛《か》みしめる。強いられる絶頂を、瑠華は怖《おそ》れた。自ら定めた禁を破ってしまいそうになるからだ。心までは堕《お》ちぬ矜持《きょうじ》があったが、軀はすでに何度も、帝の手で堕とされている。

「ひッ……く、ううっ……」

乳房の丸みを揉《も》みこまれ、先端の尖《とが》りをつままれて、瑠華は下腹に熱い疼《うず》きを感じた。今宵《こよい》、瑠華の女陰はまだ手つかずだ。

なのにその奥が疼いていることを、瑠華は深く恥じた。

（胸、だけで……こんな、の、だめ……）

淫欲による責め苦は、痛めつけられるより瑠華の心を折った。戦乙女だった瑠華は、幸か不幸かここに囚われるまで、そういう責め苦を知らずにいた。

虐げられる小鳥のようにじっと耐える瑠華の眼前に、帝が淫具を掲げる。

「今宵もこれを味わうか？」

それを瞳に映した途端、瑠華は、ひ、と息を呑《の》む。声色に、怯《おび》えが混じる。

「や、や、だ……やめ、て……」

「おまえが、素直でないから」

声色だけは優しく告げて、帝は『それ』で瑠華の女陰をなぞった。雄蕊《ゆうずい》を模したそれは、弾力に富み、艶《つや》やかだ。

男嫌いの后《きさき》を孕《はら》ませるため、もしくは、他国から略奪してきた戦乙女を堕とすために使われたという、淫具だった。

「あ、あぁっ……」

淡い柔毛に飾られた割れ目に、その切っ先が這う。淫具は、ちょうど帝の生身と同じくらいに大きく、太かった。

中でもひときわ大きく膨れている先端で、花弁の入り口をなぞられて、瑠華のそこはまるで何かを期待するかのように新しい蜜《みつ》を滴らせる。

「だめ、ぇ……っ」

拒絶ではなく、自分に言い聞かせるため、瑠華は独りごちた。美しく張り詰めた臀部《でんぶ》が、逃げるように振られると、その背後には帝の生身がある。熱くて硬いそれが、瑠華の白い双丘に当たる。前にも、後ろにも逃げ場がない。

「あ、ううっ……」

帝の唇が、瑠華の背中に触れた。それだけでも感じて、瑠華は背筋を撓《しな》らせる。背骨に沿わせて、舌が滑り落ちる。腰の窪《くぼ》みに口づけられた瞬間、瑠華ははしたなく達しそうになっていた。

「ひぁ……ッ！」

すんでのところで絶頂を堪えると、今度は前から嬲《なぶ》られる。消えた妖術の代わりに、帝自身の指が伸ばされる。

「あぅっ……！」

蜜壺《みつつぼ》の中に指を入れられて、衝撃で瑠華の乳房が跳ねる。一晩中焦《じ》らされ続けたそこは、ねっとりと奥まで濡《ぬ》れそぼち、帝の指に吸いついた。

「あ、ァ、あ……！」

中指と人差し指、二本揃《そろ》えた指でクチュクチュと弄られて、短い嬌声《きょうせい》があがる。帝自身のものよりは、だいぶ細く感じられる指だった。瑠華のそこは明らかに、物足りないと訴えている。

「やめ、て、ぇっ……」

自らの淫らさを恥じて、瑠華は帝の手首を摑《つか》む。どうせびくともしないとわかっていても、そうせざるを得ない。まるで、言い訳をしているようだった。抗《あらが》うことはしたのだ、と。

瑠華に手首を摑まれたまま、帝は指戯《しぎ》を続けた。ひとしきり瑠華の蜜肉の襞《ひだ》を弄《いじ》り回《まわ》すと、おもむろに指を引き抜く。指で拡《ひろ》げられていた小さな孔《あな》が、ヒクッと収斂《しゅうれん》して元の花弁に戻る。

透明に近い白色の糸を引いて引き抜かれた指はそのまま、瑠華の外陰部を嬲り始めた。

「ン……ぅ……ッ」

これからされることを覚悟して、瑠華はきゅぅっと目を閉じ、唇を噛みしめた。瑠璃族《るりぞく》の姫として、これ以上の痴態を晒《さら》さぬように、というせめてもの覚悟だった。

その矜持は、何度でも帝に打ち砕かれる。

「ひぅっ、あぁぁーッ！」

小粒な雌芯を包む薄皮を剝《む》き下ろされ、外気に触れさせられただけで瑠華の下肢に衝撃が走る。

瑠華自身の淫蜜にぬめる指でぬるぬると淫芯を弄られて、瑠華は最初の絶頂に達した。

あまりにも責め苦に弱い、淫らな体だった。

「あ、ァ、は……っ」

「尖りっぱなしだ。あとでまた、舐《ねぶ》ってやろう」

膝立ちのまま、帝の指に雌芯を捕らわれて震えている瑠華の耳に、淫らな予告が届く。

瑠華の目に新しい涙が浮かんだ。

初めて抱かれた時から、ずいぶん淫らなことをされてきた。それでも瑠華は、行為に溺れることはできない。その色褪《いろあ》せぬ初々しさが帝を飽きさせないことには、終《つい》ぞ気づかないままだった。

「あぅっ……！　ン、や、あぁっ……」

おそらく、夜が明けるまで続けられるのであろう淫行に、瑠華は息を切らせていた。それでも、今宵はまだマシなほうだ。

妖術を用いて嬲られるよりは、帝の手だけで嬲られるほうが、瑠華にはまだ耐えられた。帝が、自分と同じ『種族』ではないのだと実感せずに済む。

「きゃぅうっ……！」

突然、仔犬《こいぬ》のような嬌声があがる。瑠華の体が、帝の腕の中で跳ねた。

「い、やぁっ……両、方……っ……しごい、ちゃ……」

甘えるような声は、瑠華の地声だった。もとより瑠華は、人を憎むのに慣れていない。

雌芯と乳首を同時に指でつままれ、コリコリとしこった芯をしごかれて、瑠華は短い絶頂の波に揉まれた。

さっき指で犯された花弁から、ピュッとはしたない淫蜜が飛び散った。

「淫花の媚薬《びやく》を女陰に塗られても、堕ちぬ矜持が恨めしい」

耳の穴を舌でまさぐられながら囁《ささや》かれ、瑠華の眦《まなじり》が涙で濡れる。それ以上に、帝の指で犯されている部分は、熱い蜜を滴らせていた。

薬を使われても、瑠華は堕ちない。ただの美姫なら、とっくに我をなくして溺れているはずだった。

(そのほうが、幸せだった……?)

瑠華は思う。自分などなくしてしまえれば、楽かもしれない。この人、否、人とも呼べぬ美しい異形の帝の腕に溺れてしまえれば、楽に違いない。

けれどもそれはできない。瑠華が愛したのは、この男ではないからだ。

帝の寵愛を拒むことなど、この大陸の誰にもできないはずだった。そんなことをすれば一刀に両断され、うち捨てられて当然の大罪だ。

なのに瑠華だけが、許されている。

堕ちぬまま、淫らさだけを見せつける瑠華の肢体は、帝の目を際限なく愉《たの》しませた。

「可愛い……おまえは、本当に……」

「やだっ、や、あぁっ……」

「もっと鳴いて、聞かせろ」

淫部を弄られ、また可愛らしい嬌声があがる。決して媚《こ》びているわけではなかった。

瑠璃族には美姫が多く、歴代の皇帝や豪族たちは競って瑠璃族の姫を後宮に囲いたがった。そのため、瑠璃族の姫は傾城《けいせい》と呼ばれ、臣民に疎まれる宿命を負った。賢君を堕落せしめ、その城をも傾けさせるのだ、と。

（わたし……そんな、こと、しない……）

ただ、守りたかっただけなのに。

悔やんでも悔やみきれない想《おも》いが、瑠華の胸に溢《あふ》れる。

好きだとは言わない。

愛しているとも、言えない。

瑠華に『許されている』言葉は、あまりにも限られていた。

言いたくない。けれど、言わなければ、いつまでも終わらない。瑠華が気を失うまで、行為は続けられるだろう。

瑠華は今宵も意を決して、目を閉じる。伏せた睫毛《まつげ》から、透明な涙がこぼれた。聖女の貌で、瑠華は淫婦の言葉を口にした。

「犯し、て……くださ、い……っ」

瑠華の『おねだり』に、帝は不満そうだった。実際、不満なのだろう。帝が欲しているのは、瑠華の心だった。体はとうに、隅々まで手に入れている。

手に入らぬ苛立《いらだ》ちを、帝は容赦なく瑠華にぶつける。

「愛を誓えぬのなら、もっと淫らに言え。俺を愉しませろ」

「……ッ……」

瑠華は小さくしゃくり上げ、帝の腕が緩むのと同時に、そろりと寝台の上に這った。たっぷりとした乳房が、寝台に敷かれた絹の上につく。白桃のような双丘が、帝の前に差し出される。

「る、瑠華の……いやら、しぃ、所に……しゅ……主上の、……を……入れ……て、くだ……きゃぅぅっ⁉」

言上の途中で、不意に違う箇所を指で弄られ、瑠華の口から悲鳴があがる。

「やっ、嫌ぁっ……！　そこ、や、だぁあっ……！」

いまだ散らされてはいない恥孔を弄られて、瑠華は身を捩《よじ》り、その魔手から逃れる。が、逃れきれるものではない。

「もっとだ」

「あ、あ……」

寝台の上で、海老《えび》のように体を丸めて、瑠華は続けた。

「瑠華、のっ……あそこ、に、主上、のっ……あ……う……っ」

卑猥《ひわい》な言葉が言えなくて、瑠華は口ごもる。いまだに、教えられたそれさえ言えない。後宮の寵姫《ちょうき》としては、完全に失格だった。

追い詰めるように、帝が瑠華の耳に唇を寄せ、囁く。

「こう言え」

ひそりといやらしい言葉を教えられ、瑠華はぎゅっと目をつぶった。震えながら、瑠華はそれを口にした。娼婦《しょうふ》でも口にしないような、卑猥な言葉だった。

それを言わせてから、帝は言下に断った。

「断る」

え、と瑠華の目が見開かれる。帝に、閨で苛《いじ》められたことは多々あるが、『おねだり』を拒まれたことはなかった。

今宵、帝は瑠華の予想以上に、不機嫌な様子だった。

瑠華の顋を摑み、帝は嗤《わら》った。

「愛をくれぬ女に、なぜ俺が施しを与える?」

「……ッ……」

どうとも答えられず、瑠華は瞳を揺らす。事実だから、どうしようもできない。

「寵《ちょう》の代わりに、優しくしてやろう。優しくされるのは、好きだろう?」

『寵』とは寵愛のことで、帝の子種を注がれることだった。国中の女たちが挙って欲しがるものだ。

それを望まぬ瑠華には、『罰』が与えられて当然だった。

「も、もぅ……っ……嫌、あ……」

「こら、逃げるな。妖は嫌だと言ったのはおまえだろう」

遠い南の国から献上される水鳥の羽根が、瑠華の肢体を追った。極彩色のそれは、微細な動きで以《もっ》て瑠華の過敏になった肌の上を這う。

「ふ、ぁっ……！」

背筋を羽根で撫《な》でられて、瑠華はびくりと体を震わせ、逃げようともがく。帝は瑠華を、捕らえない。ただ、言葉だけで支配する。

「じっとしていろ。縛られるほうが好きか？」

「あ……う……」

実際に縛られた時のことを思い出し、瑠華は覿面《てきめん》に大人しくなる。瑠華を仰向けに寝かせ、帝は手にした羽根で、瑠華を嬲った。

「ひッ……ひ、ぃぃっ……！」

強く握られ、揉みしだかれることに慣れた乳房を羽根で撫でられるのは、痛みを与えられるよりも瑠華にはつらかった。仰向けに寝ても崩れない、艶やかに上を向いた乳房の側面に、羽根が走る。耐えきれずに瑠華が身を捩ると、帝は片手で瑠華の乳房を掴み、その先端の桃色の尖りに吸いついた。

「ンぅぁぁっ！」

指とも羽根とも違う、熱くぬめった舌に包まれ、口の中で舐られて、瑠華は激しく身悶《みもだ》える。瑠華の抵抗を抑えつけ、帝は時間をかけてたっぷりと、瑠華の小さな果実を貪った。

「あ、やっ、嫌、あ、ンンッ……！」

「甘い」

味などするはずがないのに、帝は口淫の合間にそう呟《つぶや》く。もとは陥没気味だった瑠華の乳首は、普通の女よりも刺激に弱かった。指で押し出され、勃起させられた先端は紅く色づき、帝の舌先でちろちろと擽《くすぐ》られ、震えていた。

「あ、は……あぁっ……」

ようやく口淫から解放された突起に、羽根が這う。毛羽だった部分で上下にこすられ、夜目にも白い瑠華の乳房が激しく揺れた。

「いい子だな……自分で拡げてみせろ」

「は……あ……っ……」

帝に言われるまま、瑠華はしどけなく太股を拡げ、花陰を晒した。滴るほど濡れた花弁に、ねっとりと熱い糸がかかる。秘められた蜜孔《みつあな》の部分は、指で押し広げてもまだ堅く閉じたままだった。

帝の手で弄ばれる羽根が、瑠華のそこへ触れる。ツ……と軽くなぞられて、内腿《うちもも》が震えた。

「あ、ンンうっ……！」

柔らかすぎる羽根は、決して瑠華を犯さない。ただ表面を、あるやなしやの感触で撫でるだけだ。荒淫に慣れた秘部に、それは堪《たま》らなくもどかしい。

「や、ぅ……ああぁ……っ」

意味をなさない声ばかりが、瑠華の口から漏れる。瞳は潤み、朦朧《もうろう》としている。

帝の指が、瑠華の手を外させ、花弁を捕らえた。帝の親指と中指が、小さな花弁を目一杯まで拡げさせる。爆《は》ぜた果実のように紅いその泥濘《ぬかるみ》までもを、羽根は擽る。

「あ……あ……ンぅっ……」

羽根が蜜を吸い、しっとりと重くなる。石榴《ざくろ》の割れ目を、束ねられた羽根で上下にこすられ、瑠華の懊悩《おうのう》が深くなる。

「も、もうっ……無、理……いや……っ……無理……い、あぁっ……！」

「何が無理なのか、言ってみろ」

言いながら帝は、羽根を瑠華の割れ目の上部に滑らせた。先刻のいたぶりで、いやらしく勃起していた陰核《いんかく》を、羽根が擽る。

「ンッ……あぁぁっ！」

陸に揚げられた魚のように、瑠華の体が跳ねる。身を捩り、絶頂に耐える瑠華の太股を押さえて、帝は瑠華の愛らしい雌芯の尖りを愛《め》でた。羽根の先で淫欲の尖りを擽られ、瑠華の理性が瓦解する。下腹の奥が、欲情で煮えたぎるような感覚を瑠華は知らしめられていた。

「お、願、ぃ……おね、が……あ、ひっ、ぅ、あぁぁーッ！」

雌芯の側面を、しゅりっ、と羽根で強くこすられた時、瑠華は乳房を突き上げるように体を仰《の》け反《ぞ》らせ、花弁から蜜を噴いた。その激しい飛沫《ひまつ》は、帝の頬にまで飛び散った。

「竜顔を濡らすか。悪い子だな」

「あ……あ……ごめ、なさ……っ……」

帝の揶揄を真に受けて、瑠華は絶頂の余韻に震える体を無理矢理起こし、帝の頬を仔犬のように舐《な》めた。瑠華のそういう素直さは、帝の歓心をひどくそそった。

「ンンぅ……」

帝は瑠華の顎を掴み、自分に向けさせせ、唇を重ねた。深すぎる口づけに、瑠華の息がぐくもる。

口づけだけは、瑠華も嫌がらないのを帝は知っていた。

なぜだか瑠華は、口づけをされるとまるで愛《いと》しい恋人に抱かれているかのように、素直になる。

(俺のすべてを拒むくせに)

その矛盾が、帝の嗜虐心《しぎゃくしん》を煽《あお》っていることも瑠華は知らない。ただうっとりと目を閉じて、甘く舌を絡められるのを受け入れている瑠華の体を、帝はまたまさぐった。

「や、あ……っ」

羽根で嬲られるのを嫌がって、瑠華が腰を振って逃げる。

欲情は、帝のそれでなければ癒《いや》されない。瑠華の女芯に塗りこまれたのは、そういう呪《じゅ》詛《そ》を含む媚薬だった。ただし、それを使えば、帝の側が瑠華の愛を得られない。この世のすべてをほしいままにできるはずの帝が、唯一奪えないのが瑠華の心だった。

「唇を噛むな」

もどかしい欲望を殺すため、噛みしめられた唇を、帝が指でほどく。

「お、願、ぃ……おねが、い……ぃ……っ……う、うぅっ……あっ……」

「硬いほうが好きか。なら、こうしてやろう」

「ひぃぅぅっ……！」

正面から抱かれ、体を重ねられた瑠華の花弁に、帝の生身があてがわれた。硬く、熱い切っ先で柔らかく蕩《とろ》けた花芯をこねられて、瑠華は泣きながら哀願を繰り返す。帝の背中に手を回し、しがみつき、おとがいを彼の肩にこすりつける。

その仕草に、帝はさらなる欲望を滾《たぎ》らせていた。

「んっ……ん……」

嬲られ、泣き喘《あえ》ぐ合間に瑠華は、まるで無意識でするように口づけを求めた。いつの間にか瑠華は、口づけが巧《うま》くなっていた。

『言葉』でなければ、許されたからだ。

帝の知らない『秘密』が、そこにあった。

自ら舌を絡め、しがみついてくる瑠華の愛らしさに、ついに帝のほうが折れた。

「俺の負けだな。ほら……味わえ」

「え……あ……待っ……あ、あぁぁっ……！」

自ら欲しておきながら、不意打ちで犯されることに瑠華は怯えた。帝は構わず、瑠華の体をこじ開けて、蕩けた花弁の中へ自身の生身を押し入れた。

「あ、ン、ぅっ、あぁー……ッ……！」

ぬぐっ……と大きな亀頭が、瑠華の小さな蜜口にのめりこむ。瑠華は上手に息を吐き、太すぎるそれを呑みこんだ。

初めて突き入れられた時は、身が二つに裂かれるような痛みだったのに。

瑠璃の女陰はもう、すっかり帝の雄蘂に馴染《なじ》んでいた。

「気持ちいいのか」

「は……あ……う……あ……は、ぃっ……気持ち、い……っ……あ、やっ、深、ぃぃっ……！」

気持ちいい、というのは嘘《うそ》ではない。が、瑠華の心は、体の淫らさについていけるほどこなれていなかった。

入り口をほぐすようにクチュクチュとこねられた後、深くまで入れられると、爪先から頭の芯にまで甘い痺《しび》れが走るのに、瑠華は耐えられなかった。息は荒く、溺れたように不自由だ。

「ここが好きだろう。吸いついてくる。ほら、もっとだ……」

「ひっ、ひぃぃ……っ！」

蜜孔の中程を小刻みに突き回され、瑠華は泣き喘ぎながら帝の背中にしがみつく。ぴったりと密着した上体とは裏腹に、下肢では激しい淫行が繰り広げられている。瑠華の中に、帝のものがいやらしく出し入れされる。入り口も、奥も、全部捲《めく》り上《あ》げられる。切っ先は、子壺にまで届いていた。

「先は、子壺にまで届いているぞ……わかるだろう。早く孕め」

「あぁ、あーッ！」

帝の言葉に、瑠華は何度も首を振る。

それはできないのだ、と。

「い、嫌ッ、もう、いじら、ない、でぇっ……」

抱き合っていた上体を引きはがされ、また乳房を弄られて、瑠華が喘ぐ。

蜜孔を犯されながら弄られるのに、瑠華は特に弱かった。

乳首をしごかれるたびに、瑠華の淫孔は帝のものをきゅうっと締めつける。

犯されている花弁の上部に突き出した淫芯をつままれ、その芯をコリコリと揉まれれば、淫蜜に濡れた隧道《ずいどう》は、帝のものをさらに奥へといざなうように蠢《うごめ》いた。それらはすべて、瑠華の絶頂によって引き起こされていた。

「ンン、うぅッ……！」

最後に深く、深く突き入れられながら帝の熱いものを最奥に注がれ、瑠華は悲しく目を閉じる。

なのに瑠華の体は、帝に注がれた寵愛の証に悦《よろこ》び、打ち震えていた。焦らされすぎて理性をなくした肉体が、はしたなく帝の雄蘂に吸いついている。欲望を満たされて、瑠華の心を裏切って、腰も花弁もヒクついていた。

「あ……、ふ……っ」

熱く濡れた肉杭《にくぐい》が、ぬぽ……と糸を引いて瑠華の中から引き抜かれていく。その感触にさえ感じて、瑠華は足を閉じることさえ忘れ、四肢を投げ出す。

帝は瑠華に注ぎ終えてからも、しばらく瑠華のそこを検分するように弄り、眺めた。

これで終わったのだ、と油断していた瑠華の花弁に、帝の顔が寄せられる。荒淫に色づいた花弁に、帝は口づけた。瑠華の膝が、ぴくんと跳ねる。

「や……ぅ……っ」

「溢れてくるぞ……俺のものだけじゃないだろう。おまえの、蜜だ」

「ひぁっ、やあぁっ……！」

帝の指摘通り、瑠華の蜜孔は混ざりあう蜜液を溢れさせている。帝はそれを、舌で掬《すく》って愉しんでいたが、途中から新たな欲望を滾らせたのだろう。瑠華の花弁を拡げ、蜜孔を舌で犯した。

「ふあ……っ……あ……っ」

太いもので散々犯された柔孔に、舌の感触は淫靡すぎた。瑠華は、得も言われぬ快感に噎《むせ》ぶ。じぃんと痺れるような疼きが、舌で優しく抉《えぐ》られている蜜肉から湧き起こる。

「はぁっ、ンッ……！」

もはやすっかり尖りきった陰核にも、帝の舌が這う。チュッと音をたてて吸われて、瑠華は寝台の絹を握りしめた。

人ならざる帝に抱かれた瑠華の体は、もはや人界の埒外《らちがい》にいた。嬲られれば、何度でも感じる。

「お、願い……っ……もぅ……終わらせ、て……っ」

人ではない帝と、人である瑠華とでは、時間の流れが違う。三日三晩犯されて、気が狂いそうになったことも瑠華にはあった。

あんなのはもう嫌だと、瑠華は言外に訴えていた。

帝の耳に、瑠華の声は届かないのか。口淫が、さらに激しさを増した。いたるところに口づけられ、ぬちぬちと花弁の中に舌を出し入れされながら雌芯をしごかれ、瑠華は絶頂しながら二度目を覚悟した。

二度目は、後ろから犯された。瑠華は寝台に敷かれた絹を嚙みしめ、帝を破滅せしめる呪いの言葉を封じた。

（守る、から……）

それは、決して譲れない誓いだった。

（浩宇《こうう》……あなたは、わたしが……）

祈りも虚《むな》しく、瑠華は淫欲に堕ちる。

獣のように後ろから犯され、また前を弄られる。時折気まぐれに臍《へそ》を弄られ、脇腹をなぞられ、瑠華は自ら帝に腰をすりつける。

「気持、ち、いいっ……あ、ンッ、あぁっ……そ、こ、嫌、あぁっ……！」

初々しい乳房も、花弁も、今はすべて帝の玩具だ。

涙を飛び散らせながら、懸命に腰を振る。

祈りも、誓いも虚しく、犯され続ける。

瑠華は、この銀鱗宮《ぎんりんきゅう》の哀れな寵姫だった。

◆◇◆

中華大陸の天空に、銀鱗を光らせて泳ぐ魚群があった。長い尾を引く魚たちを引き連れて、旗艦のように悠然と浮かぶのは、銀鱗宮。天帝の棲《す》む宮城《きゅうじょう》だ。

複雑に入り組んだ銀鱗宮の最奥に、後宮は存在した。大陸中から集められた百花繚乱《ひゃっかりょうらん》の美女たちが、帝の寵愛を奪いあい競いあう、閉鎖空間だ。その中に、瑠華もいた。

「瑠璃族の女は、粟《あわ》や稗《ひえ》を食べるのではないの？」

白い毛皮の尻尾を優雅に揺らす、白狐族《びゃっこぞく》の美姫が瑠華に当てこすりを言いながら通り過ぎていく。瑠華は反論もせずに、黙ってうつむく。

瑠華は、中華大陸の遙《はる》か北に暮らす瑠璃族の姫だった。

瑠璃族の特徴は大変な美声と美貌を持って生まれてくることだったが、その存在は、この中華大陸を統べる龍王朝《りゅうおうちょう》では禁忌とされた。三千年の歴史の中、龍王朝は瑠璃族の姫のために何度も滅びかけた。

(昔のことなんて、わたしたちには関係ないのに)

瑠華はそう言いたかったが、そんな言い分が通るはずもない。実際、瑠華はこうして後宮に召し上げられてしまっている。

本来ならば瑠璃族は、龍王朝から苛烈な迫害を受けるはずの身分だ。その理を押し切って、今の帝である龍貴帝《りゅうきてい》が寵愛を注いでいるのだから、瑠華の後宮内での立場が良《よ》いはずがない。毎日毎日、瑠華は暗殺されることを警戒しながら暮らさなければいけない。

龍種は千年を生きる。この宮城にいる龍種たちは皆、人の形をして暮らしているが、それは龍の姿でいるより楽だからだという。

低位の龍種には変化《へんげ》ができないし、人語を解することもない。龍種同士ならば言葉を用いずとも意思の疎通は可能だが、他種族には不可能だ。

瑠璃族は『変化』できない。人間と同じように、自らの足で歩き、耕して生きてきた。瑠璃族が誇れるものといえば、美しさだけだ。それが国を滅ぼすという。

ただ一つ、瑠華には歴代の瑠璃族とは違う点があった。

(歴代の瑠璃族の姫たちは、皆、無理矢理後宮に連れてこられたんだわ)

その点は瑠華も同じだ。しかし。

(今までの瑠璃族の姫たちは、きっと、帝を愛していなかった)

当たり前だ、と瑠華は思う。いくら相手が帝でも、無理矢理さらわれて、犯されて、好きになれるはずなんかないじゃないか、と。

しかし瑠華と現皇帝にだけは、違う事情があった。

そのことを瑠華は、誰にも言えない。

今も瑠華は、龍貴帝の留守中に、後宮でいじめられる毎日だった。特に龍種の女からの嫉妬は凄《すさ》まじい。中途半端に変化した爪や尻尾で叩《たた》かれたり、引っかかれたりする。白狐の姫に続いて、龍種の姫が通りすがりに瑠華の足を踏みながら囁いた。

「瑠璃族の娘が妃《きさき》になるだなんて、おぞましい。龍王朝が滅んでしまうわ」

(うるさいのよ……!)

槍《やり》があれば一突きで仕留められるのに、と瑠華は憤った。

瑠華はもともと、戦乙女だ。瑠璃王族の姫でありながら、弱体化した瑠璃族を立て直すために有志で立ち上げた自衛軍の斬りこみ隊長だった。最低限の衛兵しか持たず、戦うことを知らなかった瑠璃族の中でそれは異端だったが、瑠華は戦おうとしたことは後悔していない。唯々諾々と、滅びを待つだけの運命なんて真っ平だった。

だがその矜持も、今や風前《ふうぜん》の灯《ともしび》だ。

瑠華は、瑠璃族への迫害をやめさせるという名目で、後宮へ上げられた。瑠華自身も納得してのことだった。

瑠華が『納得』したのには、もう一つの理由があった。

瑠華の着物の懐には、短刀ほどの大きさの、鋭い針が呑まれている。瑠華はそれを、確かめるようにそっと着物の上からなぞった。武器の持ち込みなど不可能なはずの後宮でも、瑠華にはそれが許された。

ひとえに、帝の寵愛のお陰だ。

（これを、龍貴帝に突き刺す）

瑠華に与えられた使命は、龍貴帝暗殺だ。瑠華が暗殺に成功すれば、天帝を失った銀鱗宮は文字通り地に墜《お》ちる。その隙を、瑠璃族の別働隊が襲う手はずだった。瑠華は瑠璃族の密偵から、そう告げられていた。

次の帝が立つ前に、今度こそ迫害の歴史に終止符を打つ。

それが、瑠璃族の悲願だ。

（だけど、龍貴帝には隙がない）

瑠華が後宮へ召し上げられて、すでにひと月が経過している。その間、瑠華は嬲られるばかりだった。龍貴帝は、閨ですら隙を見せない。

（────浩宇）

心の中で、瑠華は彼の『名前』を呼ぶ。彼が龍貴帝として即位するより前の名前だった。

瑠華がただ一人愛した男の名前だ。

瑠華はふるりと首を振り、その名前を頭から消した。

（その名で呼べば、刺せなくなってしまう）

瑠華の胸に、じんと痺れるような痛みが走った。

瑠華は本当は、『彼』が愛しい。

その背にも腕にも、爪を立てられぬほどに大切だった。

その喉元に、やいばを突き刺す。本当なら考えたくもない悲劇だ。

瑠華は、すでに過去となった幸せな日々を思い出していた。

(浩宇は本当に、あの日々を忘れてしまった……?)


瑠華が浩宇と出会ったのは、一年前のことだった。そこは、絶海にも似た砂漠だった。

流砂に足を取られ、瑠華は砂の上を転がった。

「きゃぁぁ！」

悲鳴は風の音にかき消された。よしんば風が吹いていなかったとしても、辺りには誰もいない。誰にも届くことはなかっただろう。

なんとか砂から立ち上がり、瑠華は周囲を見回した。髪も、体も砂だらけで、動くたびにざりざりと不快な感触があった。

(いつの間にこんな所まで流されたの……!?)

龍王朝の兵に追い立てられた瑠華は、仲間たちとはぐれ、砂漠で魔物に襲われていた。飛龍に乗って命からがら負け戦から逃げ出す道中、瑠華は仲間を弓矢から庇《かば》い、一人で砂漠に投げ出された。折悪《おりあ》しく重なった砂嵐で、瑠華の体は予想もできない遠方まで流された。

「命があっただけでも、幸運だけれど……」

蒼天《そうてん》を見上げ、瑠華は独りごちる。雲の高さから落下して、怪我《けが》一つしていないのは奇跡的だった。落下した先が柔らかな砂地だったのと、瑠華自身の体が柔軟だったことが幸いした。

けれどまだ、助かったと安堵《あんど》できる状況にはほど遠かった。

瑠華は腰にぶら下げた雑嚢《ざつのう》の中身を確かめた。

(水と干飯《ほしいい》は、節約しても三日しか保たない)

三日以内に仲間と合流できなければ、瑠華は砂漠で干からびて死ぬしかない。さすがにそれは、ぞっとした。

故郷の仇《かたき》である龍王朝と戦って華々しく散るのなら本懐を果たしたと言えるが、こんな所で餓死するのは無駄死ににしかならない。瑠華は、なんとしてもそれだけは避けたかった。

(太陽が出ているうちに砂漠を歩くのは自殺行為だわ。星を読みながら、夜、移動しよう)

しかし、たとえ砂漠の果てまで歩いたとしても、そこに仲間がいないことは瑠華にもわかっていた。この中華大陸はほぼ全域が龍王朝の支配地だ。運良く人に出会えたとしても、その相手が少数民族である瑠璃族だという可能性なんて無に等しい。

(もし、龍王朝の兵に捕らえられたら……)

瑠華は、懐に忍ばせた毒薬を確かめた。瑠璃族は龍王朝を滅ぼす者として迫害を受けながら、裏で慰み者として高値で取引されている。ましてやそれが、瑠華のような瑠璃族の姫ともなれば、龍族の俗情を煽るのにじゅうぶんな値がつく。

(あんな連中の慰み者になるくらいなら、死んだほうがマシだ)

瑠華は、戦いに出る前からそう決めていた。

砂漠に穴を掘り、更紗《さらさ》をかぶり、瑠華は夜を待った。雲のない夜だった。月明かりと星のお陰で砂漠は明るかった。瑠華は星座を頼りに、西へ向かった。大陸の西端には瑠璃族の隠れ里がある。

ただし、徒歩でそこに辿《たど》り着《つ》くには三ヵ月かかる。どう考えても、食料も水も装備も足りない。

(それでも、歩けるだけ歩こう)

風で流されてしまった以上、落下地点で助けを待つ意味はない。だったら、西端にある隠れ里を目指すほうが、まだマシな選択に思えた。こういう時、瑠璃族ならば皆同じ選択をするはずだから、救助と出会える確率は少しだけ上がる。

夜の砂漠に、生き物の気配はなかった。まるで死の世界だ。何度も砂に足を取られながら、瑠華は歩き続ける。

夜通し歩きづめに歩いて、背中に朝日を感じ始めた頃、瑠華は今日休む場所の目安をつけようとした。

穴を掘りながらふと顔を上げると、朝日に照らされた地平線に、緑の椰子《やし》が浮かんで見えた。

「え……？」

瑠華は我が目を疑った。幻を見たのかと思った。

「あんな所に、木が？」

自分の頭か目がおかしくなったのではないかと疑い、瑠華は何度も瞬きをした。手は砂だらけだから、目をこするわけにはいかなかった。

疲れた足を引きずって、瑠華は緑を目指して進んだ。近づいてみて、はっきりとわかった。それは幻ではなく、水辺まで備えた本物のオアシスだった。

「嘘……本当に、水が……⁉」

おそるおそる、瑠華は水辺に近づき、触れてみた。冷たく澄んだ水だった。飲めそうだ。上を見上げると、尖った葉を持つ樹木には、たわわに実がなっている。食べられる実だった。

（助かった……！）

ともあれ、飢えと渇きで死ぬ可能性は減った。ここにいる限りは、なんとか生きられるだろう。

（ここ、旅の隊商が通ったりするのかしら）

こんなに良い水場があるのなら、付近の者たちが見過ごすはずがない。が、人が立ち入った気配は、今のところなかった。灌木《かんぼく》でも暮らせるネズミが数匹、うろついているだけだ。

（今、そんなことを考えても仕方ないか。とにかく休んで、体力を回復させよう）

瑠華は池の水を飲んだあと、服を脱ぎ、身を浸した。砂と汗にまみれた体を冷やし、清めると、体中に力が漲《みなぎ》った。

「気持ちいい……」

無意識にそう呟き、肩までとぷりと水に浸《つ》かったその時。

水面が、大きく盛り上がった。

「え……」

一瞬の出来事で、瑠華は岸に置いた槍を手に取ることもできなかった。

池から現れたのは、紫色にぬめる軟体動物だった。雲海にいる魚の仲間のようにも見えたが、それがなぜ池に潜っていたのかはわからない。丸い頭は巨岩のように大きく、八本の足の側面には吸盤がついていた。

「ひあぁっ⁉」

長い触手のような怪物の足が、瑠華の足に絡みつく。そのまま高く吊《つ》り上《あ》げられて、瑠華はもがいた。

「離して！　離しなさい！」

瑠華は叫び、自分の足に絡みつく触手を引きはがそうとした。が、それはびくともせず、瑠華の体中をまさぐり始める。

「あ、嫌っ……！」

大きな乳房が、根元から引き搾られる。逆《さか》さ吊《づ》りのまま、無惨に足を開かされ、裸で水を浴びていた瑠華の少女の部分は剝き出しにされた。

「な、なんて、ことを……うぁっ、やだあっ……！」

恥ずかしい姿態を取らされた瑠華の肌を、触手が舐めた。大きな胸の膨らみを乳首ごと舐め上げられ、瑠華は羞恥に身を捩る。

「嫌っ、なんで、こんな……!?」

触手はしばらくぬるぬると瑠華の乳房を味わったあと、開かせた恥部をまさぐり始めた。ぬと、と濡れた感触が、清純な部分に触れる。そのまま左右に触手を引っかけられ、大きく割れ目を拡げられ、瑠華は絶叫した。

「い、やぁーっ！」

誰もいない場所とはいえ、ここは屋外だ。ましてや今、瑠華を辱めているのは人ですらない化け物だった。

自分がこんな目に遭うなんて、瑠華は考えたこともなかった。

「や、やだ、嫌、やめ、てぇっ……！」

化け物に人の言葉が通じるはずもなく、瑠華はたっぷりとその触手で肢体を嬲られた。触手はまるで飴《あめ》でもしゃぶるように、尖らせた先端で瑠華の乳首をちろちろと舐る。そうして瑠華の乳首を硬くさせると、今度は吸盤の口を押しつけて強く吸った。

「は……ふ、あ……っ」

ぞくっ、と寒気にも似た感覚が湧き起こり、瑠華は肌を粟立《あわだ》たせる。

（どうして……そこ、ばかり……）

人の赤子でもないのに、そんな箇所を吸うのはおかしいと瑠華は訝《いぶか》しむ。その謎は、瑠華の一番望まない形で解けた。

「や、嫌あっ⁉　どうし、て……っ」

触手はやがて、瑠華の少女の部分にも同じことをし始めた。ぴったりと閉じたままの小さな花弁を舐め回し、その奥に秘められた小さな孔を暴こうとする。と同時に、その上で縮こまっていた小ぶりな尖りにも吸いつく。

「あぁぅぅっ！」

びりりと感じたことのない刺激を感じて、瑠華は白い背中を仰け反らせた。構わず触手は、瑠華のそこを舐り尽くす。

「ひ、ぅっ、や、ぁあっ……！」

チュッ、クチュッ、と卑猥な音が漏れる。触手で嬲られている瑠華のそこが、濡れ始めた音だった。触手はそれに気を良くしたかのように、ますます瑠華に執着した。

「ンあぁぁっ！」

雌芯を吸われながら純潔の蜜孔を穿《ほじく》られて、瑠華は泣いた。処女膜を傷つけるほどの太さではなかったが、ほんの先端を入れられただけでも、瑠華には衝撃が大きかった。

「嫌、嫌、やだあぁっ！」

あまりのおぞましさに瑠華は叫び続けた。なのに瑠華の肉体は、痛みすら感じず、濃い蜜液を漏らし続ける。いっそ首を絞めて殺すか、殴りつけられるほうがマシだった。少なくとも、恥ずかしくはない。

「い、嫌っ、お母様ぁっ……！」

ずぶぶと触手が瑠華の中に入りこもうとした。犯される寸前、瑠華は死んだ母親に助けを求めていた。

瞬間、瑠華の体は触手から解放され、水面に叩きつけられた。

「きゃっ……！」

バシャッと大きな水音をたてて、瑠華は水に沈んだ。慌てて浮上すると、触手を二本切り落とされた化け物が、紫色の体液を撒《ま》き散《ち》らしながらもんどり打っていた。

（何が……起きた、の……!?）

呆然《ぼうぜん》としている瑠華の耳に、男の声が届いた。

「助けたほうがいいか？」

「え……あ……」

いつの間にか、太刀を携えた男が水辺に立っていた。その傍らには飛龍が佇《たたず》んでいる。いつ近づかれたのか、瑠華はまるで気配を感じなかった。

巨軀というほどではないが、長身の男だった。鋼色の長い髪を後ろで束ねている。瞳も鋼の色だった。

「あ、当たり前です！」

男の質問に、思わず瑠華は叫んだ。答えを待たずに男は跳躍し、残る触手をすべて斬り落とし、対岸へ着地した。

「すごい……！」

瑠華は思わず、感嘆の声を漏らす。化け物は何度か巨体を痙攣《けいれん》させたあと、息絶えた。

瑠華は裸のまま、急いで陸に上がり着衣を身につける。その間に男は、化け物の死体を拾っていた。

「助けてくれて、ありがとう」

身なりを整えてから、瑠華は男に礼を告げた。男は触手を拾えるだけ拾い集めると、陸に腰を下ろした。

「オアシスで生き物をおびき寄せて喰《く》らう魔物だ。焼いて食うとうまい。薬草といっしょに煎じれば妙薬にもなる」

「た、食べるの……？」

怖々と瑠華は尋ねた。彼の言う通り、よく見れば池の底には、無数の白骨が沈んでいた。この化け物に喰われたのだろう。

瑠華は気を取り直して彼に頼んだ。

「お願いします、わたしをその飛龍で、いっしょに連れて行って！」

「乗せていくだけなら構わない。おまえは軽そうだ」

男が悪人であれば、自分はどこかに売り飛ばされるだろうと瑠華は覚悟していた。けれども男はそんなことはしなかった。瑠華は今でも、その時のことを鮮やかに思い浮かべることができる。

それが、浩宇との出会いだった。

「おまえは、瑠璃族の娘か」

男は——浩宇は、瑠華の顔を覗《のぞ》きこんで尋ねた。瑠華は警戒を顔に浮かべた。

瑠華が瑠璃族であることは、珍しい翡翠色《ひすいいろ》の瞳を見れば簡単にわかってしまうことだった。

「そうよ。わたしは瑠璃族の娘……瑠華です」

瑠華は硬い声で名乗った。あえて姫であることは隠した。たとえすぐに知られることになったとしても、今それを言う必要はないと思った。

浩宇もそれ以上は追及しなかった。

「俺は浩宇。旅の退魔師だ」

「わたしを、売り飛ばすの？」

瑠華が聞くと、浩宇は意外そうな顔をした。

「別に金には困っていない。この辺には金になる魔物がいくらでも湧いて出る」

確かに魔物は売れば大金になる。しかし、それは『狩ることが極めて困難』だからだ。一般的に人の手に入る魔物は、自然死した死体だけのはずだった。高価な飛龍を連れているることから、男が金に困っていないというのは本当だろうと瑠華は察した。

「普通の人間は、魔物なんて狩れないわ。逆に殺されるだけ」

「そうか」

瑠華の疑念を、浩宇は一蹴した。気にもとめない、という様子だった。

「ついて来るなら、乗れ。半分荷物を持て」

浩宇に促され、瑠華は言われた通りにした。ここに残るという選択肢だけはないのだ。

「荷物って、これよね……」

麻袋に詰められるだけ詰めこまれた化け物の死体は、生臭かった。紫色の汁がぼたぼたと垂れてきている。

「文句があるなら荷物ではなくおまえを捨てていくぞ」

「文句なんてないわ。飛龍に乗せてもらうんだから、これくらい手伝います」

瑠華は素直に応じた。荷物を持たされるくらいなんともなかったし、浩宇が甘言を弄さないことも逆に感じがよかった。

浩宇の操る飛龍に乗って、瑠華は一番近い街まで飛んだ。浩宇はそこで狩った魔物を売るつもりらしかった。

近いとは言っても飛龍で一昼夜飛ぶ距離だ。人間の足なら、一月はかかるだろう。

飛龍は街には入れないから、浩宇は街の外にある待機所に飛龍を下ろし、瑠華と二人で城門へ向かおうとした。が、瑠華は途中で足を止めた。

(だめだわ。やっぱりこの街も、龍王朝の兵士ばかりだ)

当たり前だった。この中華大陸に、龍王朝の息のかからぬ場所はない。

「あの、わたしはここで……」

瑠華が固辞して立ち去ろうとすると、浩宇はまた瑠華の顔を覗きこんだ。

「おまえ、関所を通る札は持っているのか」

瑠華はふるりと首を振った。すると浩宇は、懐からもう一枚、札を取り出した。

「これを関所で見せろ。俺の妻として通す」

「いいの……？」

瑠華は驚いた。通行証である関所札の偽造は、死罪に値する。そんな危険を冒してまで、自分を街に入れてくれようとする浩宇の真意はわからなかったが、街の外にいても瑠華に行くあてはない。だったら街の中で、瑠璃族の隠密《おんみつ》を探すほうが得策に決まっていた。

関所の門番は、更紗で髪と顔を半分隠した瑠華を見て意外そうにした。

「ん？　なんでえ、浩宇の旦那。アンタが女連れとは珍しい」

「砂漠で拾った女だ。俺の妻にする」

「そうか。顔はよく見えねえが、いい体をしてるじゃねえか」

門番はいやらしい視線で瑠華を見回した。略奪した女をそのまま妻にしたり、性奴隷にするのは当たり前のことだった。瑠璃族の女は、そういった市場で人気があるのだ。瑠華はひっそりと唇を噛んだ。

関所を通り抜け、町中に入ると、瑠華は浩宇に礼を言った。

「ありがとう。本当に助かりました」

「構わない。これからどこへ行く」

「どこ、って……」

聞かれても、瑠華に行くあてはない。どこかに身を潜めて、どこにいるかもわからない仲間を探すだけだ。

(だけどそんなことは、浩宇には言えない)

瑠華が迷っていると、浩宇はまた瑠華に助け船を出した。

「行く先が決まっていないのなら、俺の仕事を手伝え。助けた分くらいは働け」

「仕事って……退魔師を?」

瑠華はびっくりして、浩宇の顔を見つめた。浩宇が無表情のまま、瑠華の携えた槍を見る。

「その槍は飾りか?」

「い、いいえ、使えるわ!」

瑠華は勢いこんで叫んだ。願ってもない提案だった。

(浩宇といれば、通行証には困らない。どこへでも行ける……!)

最初は打算だった。けれど浩宇はそれを、利害の一致と見なしてくれた。

「そうと決まったら、まずは市場に行く。この生臭いのをとっとと売り払いたい」

「生臭いって、浩宇も思っていたのね」

あまりにも平然としているから、浩宇は臭いを感じていないのではないかと瑠華は疑うほどだった。浩宇は大体いつも無表情だった。

(話してみれば嫌な人ではない。無愛想なのね、変な人)

瑠華はそういう浩宇を、少しだけ好ましく思い微笑《ほほえ》んだ。

市場で商人と交渉する浩宇を待つ間、瑠華は噂話《うわさばなし》に耳を欹《そばだ》てた。

「今、王朝は空位であらせられる。次の帝が現れるのに、一体何年かかるやら」

「この街はまだ平和だけれど、帝がいなけりゃ国が荒れる。ここが戦禍に巻きこまれたら、俺たちゃどこへ逃げるかねえ」

「今のうちに算段しておかないとな」

(うちの間諜《かんちょう》も、同じことを言っていたけれど)

強大な龍王朝に、帝がいない。だから今こそ、龍王朝を攻め滅ぼす好機なのだと間諜は沸き返っていたが、そんな希望はあえなく打ち砕かれていた。帝がいなくても、禁軍は動いた。そもそも龍王朝の帝位は、天が決める。世襲ではないのだ。帝はある日突然覚醒し、巨龍の姿で銀鱗宮に舞い降りて、自ら帝位につくのが龍王朝に於《お》ける即位の儀だった。

(龍族の中でも、金の瞳を持つのは帝だけ……)

瑠華はそのことを忘れずにいた。金の瞳を持つ男がいたら、それこそが龍王朝の帝だ。

この槍で突き刺し、殺さねばならない宿敵だった。

◆◇◆

「そっちに行ったぞ、瑠華」

「任せて！」

浩宇に促され、瑠華は槍を構えた。今日の獲物は金色の獅子《しし》の頭を持つ、山羊《やぎ》だ。山羊なのか獅子なのか判然としない魔物だが、毛皮と肉は高く売れる。

瑠華は浩宇によって手負いにされた獅子山羊の心臓を、自らの槍で貫いた。

「よし！」

快哉《かいさい》を叫んで、瑠華は獅子山羊の心臓を抉り高く掲げた。浩宇が満足そうにうなずく。

「川で血抜きをしましょう。浩宇は火をおこして待っていて」

「ああ」

瑠華に言われて、浩宇は薪を集め始める。旅を始めて三月もしないうちに、瑠華はすっかり退魔師の仕事に馴染んでいた。

魔物の血を抜き、毛皮を剝ぎ取り、売り物になる臓腑《ぞうふ》を切り分け、保存する。瑠華の手際は見事だった。教えたのは、浩宇だ。

「その肉、今夜食べよう」

「いいの？　やったあ！」

高価で珍しい獅子山羊の肉は、滅多に食べられないごちそうだった。売り物にするのが当たり前だったが、運びきれない分はその場で食べる。退魔師の特権だ。

金串に刺した肉を焚《た》き火《び》に掲げて、瑠華は膝を抱えた。深い森の中で、そろそろ日が暮れようとしていた。

「ありがとう。こんなにおいしいお肉が食べられるの、浩宇のお陰よ」

「おまえの勘がいいんだ」

浩宇は相変わらずの無表情だが、優しかった。浩宇との旅は、瑠華にとって最高に楽しいものだった。浩宇もまた、怖れ知らずで手際のいい瑠華の存在を重宝している様子だ。

人を殺さずに済む戦闘は、瑠華には楽だった。躊躇《ためら》わなくて済む。今日明日を生きる分以上の殺生はしないでも済む。何よりも浩宇との旅は、自由だった。魔物を一匹狩れば一月は働かないでも暮らせるくらいの金が手に入ったし、戦しか知らない瑠華にとって、浩宇との旅はすべてが珍しく、楽しかった。

（このままじゃいけないのに）

揺れる焔《ほのお》を、瑠華は見つめていた。

(ずっとこのままでいたいと、願ってしまっている)

ずっと浩宇といたい。浩宇といるのは、何よりも楽しい。瑠華は、浩宇の端正な顔をちらりと盗み見た。

(流民の出身だって言ってたけど、浩宇、読み書きが達者だし計算もできるのよね)

それに、剣術も型から外れていない。おそらく、流民の子だと言うのは嘘だろうと瑠華は察していた。多分中級以上の豪族か、豪商の出身だろうと目星をつけた。

(浩宇にも何か、出自を隠さないといけない理由があるのかもしれない)

それは瑠華も同じだったから、瑠華は浩宇に仲間意識を持ち始めていた。

「瑠華」

「ひゃ、いっ……?」

突然名前を呼ばれて、瑠華はびくりと肩を竦《すく》ませた。

「瑠華の目的は、見つかったか」

「……ううん。まだ、全然」

「そうか」

優しい声だった。瑠華は浩宇のその声に、泣きたい気持ちになる。姫として重んじられることはあっても、こんなふうに優しくされたのは初めてだった。

食事を終えると浩宇は、おもむろに言った。

「俺の旅は、おそらく、もう少しで終わる」

えっ、と瑠華は驚いた。

「そう……なの？」

「ああ」

「浩宇の旅の目的って……」

瑠華はてっきり、浩宇はただの自由人なのだと信じていた。この旅があまりにも楽しくて自由だったせいで、そう信じこんでしまっていた。浩宇もまた、瑠華の身元や目的について何も詮索しないでいてくれた。

焔を映す浩宇の瞳が、一瞬金色に輝いたように見えて、瑠華の心臓が不穏に高鳴った。

(光の加減のせい……よね？)

目をこすり、もう一度見た時には浩宇の瞳はもとの鋼色に戻っていた。それで瑠華はほっとした。

「旅が終わったら」

浩宇が話を続けた。

「俺の妻にならないか」

「えっ⁉」

突然切り出されて、瑠華は驚きに身を固くする。浩宇の表情に変化はない。

「え、え、それって、どういう……っ」

「俺の妻になって、そばにいて欲しい、という意味だ」

どういう意味か、という問いに、浩宇はそのまま答えた。少しして瑠華はやっと頭が冷える。残酷な現実を、思い出す。

(わたしは、瑠璃族の姫だから……)

瑠璃族の姫は、瑠璃族の男としか結婚は許されない。血脈を絶やさないためには、当然のことだ。瑠華だって今まで、そのしきたりを疑ったことはない。生まれた時からそう定められていたのだし、何よりも瑠華は故郷を愛していた。

けれどそれはすべて、浩宇と出会う前までの話だ。

「……ごめんなさい」

震える声で、瑠華は謝罪した。

「だめなの。それは……できない。ごめんなさい」

「俺が嫌いか」

浩宇に問われ、まさか、と瑠華は髪を揺らし、かぶりを振った。

「こ、浩宇のことは……っ」

言ってはいけない、と思うのに。

瑠華の唇から、その言葉は溢れた。

「……好き……」

それを聞き届けると、浩宇は立ち上がり、瑠華の隣に移動した。

「だけど、だめ、なの……」

浩宇は自分の敷布《しきふ》を地面に敷いて、そこに瑠華を押し倒した。瑠華はただ、首を振るばかりだ。

「だ、め……」

拒絶する声は浩宇の唇に塞がれた。瑠華が初めて知る、口づけだった。

「ンン、ぅっ……」

小さく呻《うめ》いて、瑠華は浩宇の胸を押し返す。厚い胸板は、びくともしなかった。

「やめ、て……」

「俺を好きだと言った」

瑠華の手を取り、自分に触れさせて、浩宇はまるで言質を取ったように言った。もう一度口づけられて、瑠華の心は浩宇に堕ちた。

(ごめんなさい、みんな――)

一度だけ、一度だけだから、と瑠華は何度も故郷の皆に謝罪した。旅が終われば、瑠華はもう二度と浩宇には会えないと信じていた。

今だけは、立場も運命も忘れて瑠華は浩宇に抱かれたかった。

「あ……だ、め……」

西日も沈み、辺りを夜が包んだ。瑠華の白い肌を、焚き火が橙色《だいだいいろ》に照らした。はだけられた白い胸に、浩宇の顔が沈む。何度か頬ずりされた後、乳首に口づけられ、

「可愛い……可愛い、瑠華……」

瑠華は浩宇の髪を掻《か》き抱《いだ》いた。

「あ、待っ……て……」

囁かれながら胸の突起を弄られ、甘く吸われ、瑠華は子供のように稚く泣いた。

(恥ずかしいこと、してる……)

瑠璃族の姫として守らなければならないはずの純潔を、浩宇に捧《ささ》げることにはまだ躊躇いがあった。が、浩宇はもう止められなかった。

「あぅ、ンッ……」

下穿《したば》きも脱がされ、太股の奥をまさぐられて、瑠華の羞恥は最高潮に達する。瑠華の花弁を指で探り当て、浩宇は呟いた。

「小さいな、瑠華のここは」

「あ……っ」

瑠華は自身を恥じた。未熟だと言われた気がしたからだ。街の酒場で浩宇に腕を絡めてくる女たちは、皆瑠華よりも成熟して見えた。そのことは瑠華をひっそりと傷つけていた。

「だが、柔らかい。これなら……」

言いながら浩宇は、瑠華の太股の奥に顔を近づけていく。困惑の中で、瑠華はされるままになる。

「や、ぁ……ぁ」

花弁に浩宇の唇が当てられた。そのまま舌でまさぐられ、瑠華は全身を紅くする。

「そこ、変……なの……っ……やぁっ……吸っ、ちゃ……やだ、ぁっ……！」

浩宇はすぐには瑠華の処女孔には手をつけず、上部の小さな尖りを吸った。

「んうぅっ……！」

途端にびくりと瑠華の背中が跳ね、花弁の奥から熱い蜜が溢れてくる。乳首を吸われた性感で、下地はできあがっていた。

「いいぞ……瑠華。もっと気持ちよく、啼《な》いてみろ」

「ン、ぅ、あンッ……！」

瑠華は羞恥を堪え、浩宇に言われるままに快感を受け入れた。以前化け物に悪戯《いたずら》された時にも感じた怖ろしい快感が、もっと強く激しくこみあげていた。

「あ、はぁぁっ……！」

はあはあと荒い息が瑠華の口から漏れる。熱くぬめり始めた花弁の中に、浩宇の指が忍びこんだ。

瑠華のそこは、骨張った浩宇の中指をぬるりと容易《たやす》く呑みこんだ。

「ひぃぅっ……！」

「いい子だな……そのまま、イくんだ」

暗示にかけるように告げて、浩宇は瑠華を快楽の奈落へと追い詰めた。中指が優しく、瑠華の蜜肉を探る。クチュクチュと音をたてて襞を弄りながら、瑠華の感じる部分を探り当てる。

「ひあぁぁっ！」

あまり深くはない、蜜肉の浅い部分に瑠華の弱点があった。浩宇は指を二本に増やし、猫の喉を擽るようにコリコリとそこを嬲った。

「あ、あ、ン、あぁっ！」

拙い喘ぎ声を漏らしながら、瑠華はピュッとひときわ濃い蜜を指で犯されている蜜孔から噴いた。瑠華が達したのを見届けて、浩宇は一旦上体を起こす。

「覚えたぞ。瑠華の、気持ちいい所」

瑠華の耳元でいやらしく囁いて、浩宇は瑠華に体を重ねた。

「あ……」

熱く、硬いものを濡れた花弁にあてがわれて、瑠華はきゅっと目を閉じる。浩宇は瑠華の唇を舐めながら、ゆっくりと腰を進めた。

「い、ぁっ……大き、ぃっ……！」

純潔の身には太すぎるそれに、瑠華は怯えをあらわにして浩宇の下から逃れようとする。浩宇は無理には犯さず、浅い部分で自身を止めた。

「ふぁ、ぁ……っ」

軽く花弁に含まされた状態で出し入れされて、瑠華の花弁がクチュクチュと音をたてる。ひどく卑猥なその音は、瑠華の聴覚を刺激した。

「おまえの蜜だ。奥まで濡れているだろう」

「う、嘘っ……や、ぁん……っ」

恥ずかしさに、瑠華は身を捩る。少しずつ、蛇が這うような早さで浩宇のものが瑠華の中に入ってくる。

「ひぁうっ……！」

さっき指で探り当てられた蜜肉の襞に、浩宇の切っ先が届くのを感じて、瑠華は鳴き声をあげる。浩宇はその部分に、自身の亀頭をこすりつけた。

「んぁあぅっ！」

甘い泣き声を出しながら、瑠華が浩宇にしがみつく。浩宇は腰を浮かせ、少しだけ体を離すと、つながっている部分に手を入れた。

「ほら……入っていくぞ」

「やっ、だめ、えぇっ……！」

感じる箇所をこすられるたびに、瑠華のそこは柔らかく蕩け、浩宇のものに侵食されていく。浩宇はさらに瑠華の雌芯に指を当て、瑠華の抵抗を封じた。

「あ……ン、あぁぁあっ！」

愛液でぬめる淫芽の芯を、浩宇の指で転がされ、瑠華はまた絶頂した。浩宇は絶頂にヒクついている瑠華の蜜肉を、一気に貫いた。

「ひッ!?　い、ぅ……ンあぁ……！」

瞬間、瑠華は大きく刮目《かつもく》し、白い喉を仰け反らせる。爪先がきゅうっと丸められる。痛みと、それを打ち消す快感が、貫かれた部分から瑠華の全身に拡散した。

「最高だ、瑠華……」

その仕上がりに浩宇も満足したのか、甘い口づけを瑠華の唇に落とす。そのままゆっくりと蜜襞を突かれ、瑠華は陶然と浩宇に抱かれた。

「浩、宇……浩宇、好、き……っ……あ、あぁんぅっ！」

浩宇の熱さを胎内に感じて、瑠華は悦びとともに不安を感じた。

「お、願い……っ……中で、出さな……ぃで……っ」

快感に喘ぎながらそれをねだる瑠華は淫らだった。

「赤、ちゃん……でき、ちゃう……っ」

言った途端に涙が溢れた。本当は瑠華だって、浩宇の子を産みたい。が、それは絶対に許されないのだ。

浩宇は初めて、少しだけ残念そうな顔をした。

「俺の子を産むのは嫌か」

「嫌、じゃ、ない……けど……」

泣いている瑠華を見て、浩宇は瑠華の願いを聞き入れた。瑠華の蜜襞の隅々にまで自身をこすりつけてから、浩宇はそれを引き抜き、瑠華の白い腹の上に子種を吐いた。

「は、う、あぁぁっ……」

引き抜かれていく感触にさえ感じて、瑠華はしどけなく足を開いたまま体を震わせた。

浩宇はそのまま瑠華を抱いて寝た。

「こんな夜は初めてだ」

その時瑠華は、浩宇が微笑むのを初めて見た。

(浩宇……浩宇、好き……)

その綺麗《きれい》な笑顔が愛しくて、瑠華は浩宇の胸に顔を押しつける。

「眠いか」

「う、ん……」

荒淫の疲れで、瑠華の瞼《まぶた》は自然と重くなる。浩宇は瑠華の頭を自分の腕に乗せさせた。

「俺もよく眠れそうだ」

浩宇の優しい声を聞きながら、瑠華は甘い眠りに落ちた。いっそあの時に時が止まっていればよかったと、後に瑠華は思った。

◆◇◆

浩宇の呼ぶ声で、瑠華は甘い微睡《まどろ》みから現実に引き戻された。

「瑠華。起きろ」

「ん……」

夜通し抱き合って、明け方に水浴びをして、瑠華は浩宇の腕の中で寝付いていた。それも、つい今し方のことだ。一人旅ならばいっときも油断できないが、浩宇といるせいで、瑠華はすっかり安心していた。

浩宇が、瑠華を腕に抱いたまま低い声で告げた。

「包囲されている」

「え⁉」

一気に眠気が飛んで、瑠華は跳ね起きた。開けたばかりの両眼で周囲を見渡す。濃い朝《あさ》靄《もや》の中に、木々の形がぼんやりと浮かんでいる様しか見えない。息をすると、早朝の冷気が鼻腔《びこう》から肺へ抜けていき、否応《いやおう》なしに緊張感を高める。

瑠華は傍らに置いていた槍に手をかけた。浩宇も剣の柄を握っている。

（かすかに、人の気配がする）

大木の裏から、息づかいが聞こえた。本当に微々たるもので、それに気づいて覚醒した浩宇はやはり特殊だった。

が、瑠華は旅の途中、何度かその特殊さに助けられている。

「隠れていないで、出てきたらどうなの」

痺れを切らした瑠華は、靄に滲《にじ》む大木に向かって言った。がさりと下草を踏む音がして、白い空気の中に人影が浮かび上がる。瑠華は素早く数を確認した。

（多い……十人以上いる）

しかも、まだ隠れている可能性もある。夜のうちにこれだけの数に囲まれたということは、おそらく街を出た時から目をつけられていたのだろうと瑠華は察した。

（剣だけでなく、弓も持っているのね。飛龍で逃げても、この数に射かけられたら無事ではすまない）

浩宇の飛龍は大人しく傍らに控えているが、それに騎乗して逃げ去るにはもう遅いようだった。完全に時機を逸した。

身の丈ほどもある巨大な剣を背負い、近づいてきた男の髪は、燃えるような赤だった。

瑠華は一瞬、その髪の色に目を奪われた。それほど鮮烈な赤だった。

（燃えるような赤い髪。この人たちは、もしかして……）

瑠華にはその髪の色に、心当たりがあった。伝聞でしか知らない、伝説の盗賊団の頭が、見事な赤髪のはずだ。

開口一番、赤毛の男は浩宇に喧嘩《けんか》を売った。

「人の縄張りでいちゃつきやがって、どこのお貴族様だよ」

（見られてた⁉）

瑠華はさっと顔を赤らめた。確かに今、瑠華は浩宇の腕枕で寝ていたが、彼らは一体どの時点から自分たちのことを見ていたのだろうか、と。

（ま、まさか、最初から……）

だとしたらいたたまれない。消え入りたいと瑠華は赤くなった顔をすぐに青くしたが、浩宇のほうはまるで気に留《と》めていない様子だった。

「中華大陸に、人間の縄張りなどあるのか」

煽るのではなく、まるで当たり前のことのように浩宇が言った。確かに、この中華大陸の支配者は人間ではなく龍種だ。そのことは一部の人間たちから強い反発を受けていた。

（浩宇、今それを言ったらまずい……！）

赤髪の男が、精悍《せいかん》な眉をしかめ、名乗りをあげた。

「この俺を、赤猫《あかねこ》の赤英《せきえい》と知っての侮辱か」

(やはり、赤猫の赤英!)

瑠華は息を呑んだ。噂には聞いたことのある、近年頭角を現してきた盗賊団の首領の名は赤英。燃えるような赤髪の偉丈夫だとの噂通りだった。

頭領の髪の名から、盗賊団に赤猫という名がついた。ただし彼は大人しい飼い猫ではなく、凶暴な山猫だ。義賊だと言う者もいたが、その勇猛さはいささか度を超えているとも評されている。実際、赤英率いる赤猫に滅ぼされた街も存在した。

彼らはどの種族にも属さない、『ただの人間』だった。それゆえに龍王朝からの迫害は受けず、税を納めることによって地べたで生きることを許されている。特別な異能を持たない彼らは、龍王朝の脅威にはならないからだ。瑠華はそれを常々不公平だと感じていた。

(瑠璃族だって、姿と歌声が美しいこと以外には、異能なんてないのに)

白狐族ならば変化の技で他人に化けることもできるが、瑠璃族の異能はあまりにも実戦には向いていない。なのに差別だけは受けるのだ。

しばし、にらみ合いが続いた。赤英の手下の男が一歩踏み出した瞬間、浩宇が威圧した。

「全員斬られたいなら、そうしてもいい」

「は?」

「おいおい、大きく出たな。この人数相手に、女連れで勝てるつもりかよ」

赤英たちは口々にそう嘲笑《あざわら》った。が、瑠華は彼らの油断を内心で歓迎した。

(浩宇は、やるわ)

そして瑠華も、ただの女ではない。戦乙女だ。この距離ならば浩宇の剣よりも自分の槍のほうが有利だと、瑠華は気合いを漲らせる。

「その大層な槍を構えてるのは、瑠璃族の女だろう。置いていけ」

赤英に言われ、瑠華はムッとした。瑠璃族の女は高く売れるから、売り飛ばすつもりだろう。

手下の男が、瑠華に手を伸ばしながら近づいたその時。浩宇の剣が、風を裂いてすぐに鞘《さや》に戻った。間近にいた瑠華でさえ、その剣筋は見えなかった。

「ぎゃっ!」

叫んで、男がもんどり打って地べたに倒れる。血しぶきが舞った。見れば、男は足首から下を失っていた。

「てめえ!」

「足を斬っただけだ。命まではとらない。瑠華が嫌がるからな」

気色ばむ赤英に、浩宇はしれっと言ってのけた。赤英は矛を収め、笑いながら両手を挙げた。

「わかった、わかった、俺たちが悪かったよ。通んな」

「そんな、お頭!」

「鍾基《しょうき》が斬られたんですぜ! こいつはもう一生歩けねえ! 落とし前をつけねえでいいのかよ!」

「戦に出りゃあこんくらいの怪我は当たり前だ。死んだっておかしくねえ。こんな手練《てだ》れを相手に盗みを働くのは、割に合わねえ」

(通してくれるのね……?)

赤英の言葉に、瑠華はほっとした。彼らが空けた道の真ん中を、瑠華は浩宇と並んで慎重に通り過ぎる。

振り返ると、赤英が人の良さそうな顔で手を振っている。義賊という噂は、もしかして本当なのかもしれない。瑠華がそう思った瞬間、何かが空を切る音がした。

「きゃぁっ!?」

悲鳴とともに、瑠華の体が後ろへ引きずられた。目にも止まらぬ速さで投擲《とうてき》され、瑠華の足に絡みついたのは、鎖鎌だった。その鎖の部分が、瑠華の足に絡みつき、赤英のほうへ引きずっているのだった。

「痛……！」

思わず瑠華は呻く。足の関節が外れそうなほど強い力だった。しかも、速い。目視不能、浩宇の剣と同じくらいの速さだ。鍛え上げた瑠華の体でなければ、関節が壊れていただろう。

浩宇が瑠華を取り戻そうと、手を伸ばす。が、赤英が瑠華を捕らえ、喉元に鎌を突きつけるほうが早かった。

「放せ！」

瑠華は赤英の腕から逃れようともがくが、筋骨逞《きんこつたくま》しい赤英の太い腕はびくともしない。

「動くなよ。怪我させたくねえ」

冷たい鎌ですっと首を撫でられて、瑠華は抵抗をやめた。瑠華を人質に取られれば、浩宇は剣を抜かない。それを瑠華は、切なく思った。

（ごめんなさい、浩宇……！）

「交換条件だ」

瑠華を人質にして、赤英は浩宇に告げた。

「あんたら、退魔師だろう。狩ってもらいたい魔物がいる」

「そんな取引、応じるわけないじゃない！」

瑠華は叫んだが、意外にも浩宇はそれに応じた。

「魔物を狩るだけなら別に構わない。瑠華を放せ」

「そうはいかねえ。人質なしで俺らに力を貸すほど、あんた優しくねえだろう」

当たり前だと瑠華は憤る。

「魔物を狩って欲しいなら、最初からそう頼めばよかったじゃない！」

「気が変わったんだよ。まさかそこの優男が、そこまでの遣い手だとは思わなかったからよ」

悪びれもせず赤英は笑った。

「どうする？　優男。いや、浩宇って言ったか。瑠璃族の女の声で名前を呼ばれるなんざ、腰が蕩けそうだろう」

瑠華は赤英の足を思い切り踏みつけたが、赤英はびくともしなかった。

浩宇は一つため息をついて、承諾した。

「わかった。詳しく話せ」

瑠華は、赤英に拘束されたまま森の中を移動した。道中、赤英は浩宇とだいぶ距離を置いて歩いた。不意打ちを食らって瑠華を奪還されないよう、警戒しているのだろう。浩宇は、赤英の手下に囲まれて歩く。赤英は遠くから大声で、浩宇に狩らせたい魔物について説明した。

「俺たちの家族が、この先の洞窟に棲み着いた魔物に捕らえられている。バカでかい蛇の化け物だ」

「その家族とやらはまだ生きているのか？」

浩宇の冷たい質問に、赤英は嫌な顔をした。森は、進めば進むほど深くなり、まるで密林のようだ。瑠華も浩宇も、この森には立ち入ったことがなかった。

「生きてる。まだ助けを求める声がする」

「大蛇の化け物といえば、蛃娜蛇《あだへび》か」

蛃娜蛇とは、人肉を好む凶暴な化け物だった。このへんに棲み着いていただなんて、旅の途中である瑠華たちはもちろん知らない。不用意に森へ足を踏み入れていたら、自分たちも危うかっただろうと瑠華はぞっとした。浩宇が確認した。

「蛇の巣に引っぱりこまれているのは、何人だ」

「三人。女が二人に子供が一人。婀娜蛇は女と子供の肉が好きだからな」

　小一時間ほど歩くと、視界が開けた。日が高く昇る時間に近づいていたが、空は雲に覆われ、鈍色だ。吹く風はどこか生臭かった。

「着いたぞ。ここだ」

　赤英が指し示す先には、森の中にぽっかりと穴が空いたような広場があり、その北側には洞窟があった。横穴ではなく縦穴だ。底は深く、暗く、目をこらしても何も見えない。

「……声がしねえ」

　さっき浩宇に足首を切り落とされた手下の一人が、仲間に抱えられたままぼそりと呟いた。

「そんな……」

「昨日までは、確かに……」

　盗賊たちの間に、不穏な空気が流れる。どうやら本気で、捕らわれている仲間を心配しているようだった。

（すごい臭いがする）

　縦穴からは、凄まじい腐臭が漂ってきていた。昨日まで声がしたというのなら、人質は昨日まで生きていたはずだ。腐るには早すぎるだろうと訝る瑠華の心を、浩宇が代弁した。

「とっくに食われて、残飯が腐っているんじゃないか」

「まだ食われてねえよ。これは、仲間を食わせねえために俺たちが投げこんだ死体の臭いだ」

「死体？」

浩宇の声に疑念が混じる。暗に、『生き餌』ではないかと疑っているのだろう。

「生き餌はやってねえ。墓を掘ったり、あちこちからかき集めた、女と子供の死体だけだ。今のところはな」

死体が足りなくなったら、『生き餌』を与えるつもりかと瑠華は少しぞっとした。

一人で縦穴に降りていこうとする浩宇を、赤英が引き留める。

「おい、一人じゃ無理だ」

「一人でじゅうぶんだ。邪魔だ」

振り向きもせずに進む浩宇の様子に、赤英がムッとした。

「俺も行く」

「お頭！」

手下が制止するのも聞かずに、赤英も穴へ飛びこんだ。離れた位置から、瑠華が身を捩り叫ぶ。

「お願い、わたしも連れて行って！」

「駄目だ、おまえは人質だ！」

瑠華は、背後から自分を羽交い締めにしている手下の男を、縛られたまま手も使わずに背負い投げた。

「なあっ⁉」

華奢《きゃしゃ》な体のどこにそんな力があったのか、手下の男たちは完全に油断していた。瑠華は、手を縛られたまま縦穴に飛びこんだ。

「待て！」

男たちの追跡は届かない。足なら瑠華のほうが圧倒的に速い。くわえて瑠華は、足さえ自由なら、手を縛られたままでも高所からの着地くらい余裕でこなせた。

縦穴の底に着地すると、そこはまるで巨大な蟻《あり》の巣だった。四方八方に、暗い隧道が伸びている。

「浩宇！　どこ⁉」

まずは手の縄を切ってもらおうと、瑠華は浩宇を探した。見つけるのは難しくなかった。

隧道の壁は光蘚《ひかりごけ》に覆われ、仄明《ほのあか》るい。瑠華は浩宇と赤英、二人分の足跡を追った。

穴の奥、婀娜蛇の巣に瑠華が辿り着いた時、婀娜蛇退治はすでに終わっていた。呆気《あっけ》ない最期だった。大蛇は首を切り落とされ、無惨に巨軀を横たえている。

「浩宇……」

佇む浩宇の足下に、赤英が膝をついて座っていた。てっきり赤英も浩宇に斬られたのかと瑠華は思ったが、違った。

「ちくしょうっ！」

赤英の慟哭《どうこく》がこだました。瑠華は彼の手元を見て、息を詰めた。

三つの死体があった。大人の女性が二人分、小さな少女が一人。大人二人は明らかに死んでいた。はらわたが食い散らかされている。

かろうじて五体が満足に揃っているのは小さな少女のものだけだったが、こちらも死んでいるのだろう。ぴくりとも動かない。

「間に合わなかったの……？」

瑠華は悲しく呟いた。やり方は強引だったが、赤英たちは確かに、この三人の仲間を助けたかったのだろう。穴の底には、大量の白骨が散乱していた。婀娜蛇が食い荒らした、女と子供の骨だった。

「いや」

と、浩宇が呟いた。瑠華に対してだった。

「一人だけ、生きている」

「生きてねえよ！　息をしてねえ！」

赤英が、小さな少女の体を抱いたまま叫ぶ。確かに少女は死んでいるように、瑠華の目にも映った。ただ、他と違って死体が損壊されていないだけだ。

浩宇がおもむろに、革袋から薬を取り出す。それは瑠華も初めて見る、玉虫色の粉薬だった。光蘚の淡い光を受けて、それは虹のように煌《きら》めいた。

（浩宇、何を……？）

瑠華が見守る前で、浩宇は赤英に抱かれた子供の口に、粉薬を押しこんだ。赤英がやるせない怒りを浩宇にぶつける。

「今さら薬なんか飲ませて何になる！」

「あまり子供の体を揺するな。壊れるぞ」

やけに冷静に、浩宇が言った。その時瑠華は、だらりと垂れていた子供の指先が動くのを見た。

「生きてる！　生きてるわ！」

「何⁉」

赤英も慌てて子供の顔を覗きこむ。赤英の赤い瞳に見守られながら、子供は確かに息を吹き返した。

「う、嘘だろ……青澄《せいちょう》、青澄っ！」

青澄というのは、子供の名前らしかった。赤英は信じられないという顔で、その生還を喜んだ。

瑠華もなんだか嬉《うれ》しくなる。

「あなたの子供？」

「違う、妹だ！　全部、俺の妹たちだ、俺の留守中に襲われて……いや、そんなことあどうでもいい」

息を吹き返した妹をしっかりと抱いて、赤英は浩宇を見据えた。瞳には感謝の他に、新たな疑念も浮かんでいた。

「あんたが今、妹に飲ませたのは、神龍の鱗《うろこ》じゃねえか」

(神龍の鱗？)

瑠華も驚き、浩宇を見やる。

ただの龍でさえ貴重なのに神龍となれば、幻の存在に近い。その鱗は、不老不死の妙薬となると噂されていたが、実在さえ疑われる神仙の持ち物だった。唯一『実在』が確認されている神龍は、龍王朝の帝だ。

神龍の鱗は、存在したとしても龍王朝の宝物庫にしかないはずだ。そしてそれを持ち出せるのは、帝だけだ。赤英が警戒し、瑠華が驚くのも当たり前だった。

「なんでそんな物を持ってやがる。帝につながる者か？」

「子供を助ければ瑠華が喜ぶ」

答えにもならない返事を、浩宇はした。出所については、言うつもりはないようだった。赤英もそれ以上は追及しない。今は、衰弱した妹を運び出すほうが先だろう。

「わかった。詮索はしねえ。今は、礼を言わせてもらう。妹を……助けてくれて、ありがとう」

盗賊とは思えないほど丁寧な口調と仕草で、赤英は頭を下げた。瑠華はまた驚いたが、もしかしたらこの仕草のほうが、赤英の地金に近いのではないかと思った。

それより気になるのは、浩宇が持っていた神龍の鱗だ。神龍とはすなわち、龍貴帝の化身、龍貴帝自身を意味する。一体誰が、玉体から鱗を剝がし、薬を作ったりできるだろう。過去の帝が自ら作ったそれは、帝自身しか使うことを許されない貴重な物のはずなのだ。

（きっとどこかで、手に入れたんだわ。浩宇なら、それくらい……）

瑠華は考えることをやめた。考えたくなかったからだ。胸がざわついた。体の芯は、まだ昨夜の熱が残っている。浩宇の、生身の感触が子宮にまで刻まれている。

だから、考えたくなかった。

その後、固辞しようとした二人はなし崩しで酒席に連れこまれた。赤英がどうしても礼がしたいと言って、聞かなかった。意外にも浩宇が承諾したため、瑠華も不承不承従った。

洞窟の根城で焚き火を囲み、酒宴が始まった。

「やったぜ！　妹の命を救ってくれたあんたたちは、今日から俺たちの兄弟だ！」

「断る」

赤猫の根城で、酒に酔って陽気になった赤英に肩を抱かれ、浩宇は相変わらずの仏頂面だった。が、赤英は気にしない。一番小さな妹だけでも助かったことが、嬉しくて堪らないらしい。

「そう言うなって！　俺たち赤猫は最強の戦上手だが、あんたがいりゃあ百人力だ！　もちろんそっちの姐《ねえ》さんも！」

「瑠華よ」

浩宇の隣に座った瑠華は、自ら名乗った。

「瑠華か！　いい名前だ！　あんたも飲めよ！」

「お酒は飲まないって決めてるの」

一応用心して、瑠華は断った。罠《わな》であることを警戒していた。赤英や手下たちも、無理強いはしない。

瑠華の青い瞳を見て、手下の男が話しかけてきた。

「あんた、瑠璃族だろ。目の色でわかる」

瑠華が警戒心をあらわにすると、男はゆるく首を振った。

「そう警戒しなくてもいいさ。俺たちだって龍王朝からは追われる身だ。高すぎる年貢を拒否して、こうして流民から盗賊に身を持ち崩したんだからな」

「そうだったの……」

彼らもまた、龍王朝とは敵対する身の上なのかと知ると、瑠華の警戒心は少しだけ和らいだ。手下の男たちが口々に説明した。

「赤英はもともと、華南《かなん》の豪族だ。ああ見えてお育ちはいいんだぜ」

「ああ見えては余計だ、バカ」

そばで聞いていた赤英が、手下の頭を小突く。赤英が豪族の出身だと言うのは、おそらく本当だろうと瑠華は思った。赤英の飲食する仕草や刀の差し方は、盗賊のそれではなく貴人のほうに似ていた。

（浩宇と同じだわ。浩宇もきっと庶民の出ではないから）

それに浩宇は、神龍の鱗を持っていた。そのことがどうしても、瑠華の心から離れない。

盗賊たちは瑠華の内心など気にすることなく、わいわいと喋《しゃべ》り続けている。

「俺たちは、身を持ち崩してなんかいねえ。龍王朝の専横を許さない義士だ」

「そうだそうだ！　龍だか蛇だか知らねえが、俺たちの畑は俺たちのもんだ！」

「あいつらをブッ潰して、俺たちは俺たちの国を作るぜ！」

「おい、旅の人がいるんだぜ。それを言っちゃあ……」

沸き返る盗賊たちを、年嵩《としかさ》の一人がたしなめた。王朝への反逆は、密告されただけでも死罪だ。が、瑠華にとってその話は天佑《てんゆう》に聞こえた。

（もしかして、この人たちなら――）

瑠華の心臓が、不穏に高鳴った。それを言うのには、勇気が要った。

瑠璃族は少数民族だ。巨大な龍王朝を相手に戦をするには、数が少なすぎる。けれど今まで、龍王朝に逆らってまで瑠璃族に味方する者などいなかった。

彼らならば、或《あ》いは。

一縷《いちる》の望みをこめて、瑠華は言った。

「お願いがあるの」

今まで手をつけずにいた杯を、瑠華は手に取った。

「おう、なんでも言ってくれ。あんたたち二人は、妹の恩人だ」

酔っているせいか、赤英の口ぶりは軽い。それが瑠華を不安にさせたが、もう後には引けなかった。

「いっしょに龍王朝と戦って、瑠璃族を助けて！」

瑠華が叫んだ瞬間、空気が固まった。しまった、と思ったが、覆水は盆には返らない。

浩宇は黙って酒を飲んでいる。瑠華が何かを言おうとしたその時、赤英が叫んだ。

「おもしれえ！　龍王朝を相手に国盗《くにと》りか！」

「そ、そんな大それたことじゃ……」

思わず瑠華は否定したが、赤英は対照的に、すっかりやる気になっている。

「瑠璃族を迫害から救うってのは、そういうことだぜ」

「………」

瑠華は一旦、押し黙った。実際、その通りだと思ったからだ。

（それくらいの覚悟がないと、国は救えない）

本当は瑠華は、どこか遠くで仲間たちと静かに暮らしたいだけだった。父も母も龍王朝の兵に殺された。残っているのは、瑠璃族の長である祖父だけだ。今の瑠璃族は、局地戦を繰り広げ、撤退するばかりだった。

このままでは遠からず、瑠璃族は滅びる。だったら、と瑠華は覚悟を決めた。

「……わかった。国を、盗る。いいえ、奪うわ」

「その意気だ！」

赤英に背中を叩かれて、瑠華は咳《せ》きこみそうになる。ちらりと浩宇のほうを見やると、やはり彼は黙って酒を飲んでいた。赤英が浩宇の肩を抱いて絡む。

「当然、あんたも手伝うよなあ？」

浩宇は杯を置くと、抑揚のない声で言った。

「ついていく」

その返答に、瑠華はほっと安堵した。

（これで、もう少しだけ浩宇といられる）

瑠華の中には、そんな願いも確かにあった。

浩宇が味方してくれなくてもいい。ただ、離れるのが嫌だった。たとえ添い遂げることができなくても、一分一秒でも長くいっしょにいたかった。

（いつかは、浩宇と離れないといけない）

瑠璃族の姫である自覚と責任は、瑠華には捨てられない。浩宇と自分が結ばれることはないだろうと、瑠華は覚悟していた。

赤英が、さっそく算段をつけ始めた。

「まずは瑠璃族の野郎どもと合流だ。瑠華を送り届けないといけねえ」

「ありがとう、赤英」

今はただ、瑠華は赤英たちの厚情に感謝するばかりだった。

◆◇◆

「こっち！　こっちよ！」

峻険《しゅんけん》な山道に、瑠華の弾んだ声が響く。尖った岩だらけの隘路《あいろ》でも、瑠華にとっては走り慣れた懐かしい家路だ。が、後に続く赤英たちの一群にとってはとんでもない悪路でしかない。

「瑠華ぁ、もうちょっとゆっくり行ってくれや。俺らはおまえほど身が軽くねえんだ」

「ごめんなさい、わたしは先に行って、見張りの兵に事情を話しておくから！」

赤英の文句を聞き流し、瑠華はカモシカのような俊足で崖を駆け上っていった。後からゆっくりとついてきている浩宇に、赤英が言った。

「アンタのお姫様は、結構なじゃじゃ馬だな」

「戦乙女だ。当たり前だ」

「それにしたって、すげー速さだ。ははっ。家に帰れるのがよっぽど嬉しいんだな」

そういう赤英も嬉しそうだった。仔犬のようにはしゃぐ瑠華の感情につられたらしい。

武器や荷物を運ぶ仲間たちを気遣って、赤英は歩《あゆみ》を緩めた。瑠璃族のアジトは山深く、磁場も狂うような岩山の奥に隠されている。何百年もの間、龍王朝から逃れて生き延びるには、それくらいの知恵が不可欠だった。

「アンタ、瑠華の男だろう。嬉しくねえのかよ?」

「………」

赤英が後ろに下がり、浩宇と並んだ。浩宇は相変わらず無愛想だ。赤英はすっかり浩宇のそういう態度に慣れていた。

「わかった、瑠華がこのまんま実家に戻っちまうのが寂しいんだろ? 図星か? ええ? この寂しがり屋が」

肘でつつかれても、浩宇の反応はない。ただ黙々と、息も切らさず歩くだけだ。

「どうせアンタは根無し草だろ? これを契機に、瑠華の生家に婿入りしちまえばいいじゃねーか。あいつ、喜ぶぞ。それとも」

それを言う時、赤英は初めて声を潜めた。

「迫害されているような種族の姫と、運命をともにするなんて嫌か」

「嫌ではない」

浩宇の即答に、赤英は大きくうなずいた。

「よし、それでこそ男だ。俺が祝い事を仕切ってやるぜ」

「不要だ」

「照れんなよー。お、見えてきたぞ。あれが瑠璃族の隠れ里か！」

霧深い岩の向こうに、瑠璃色の壁が見えた。いつ建てられたのかもわからない、古い寺院だ。それが秘境に潜む、瑠璃族の隠れ里だった。

「おじいさま！」

赤英たちが追いついた時、ちょうど瑠華は長老たちと再会を果たしている真っ最中だった。今、瑠華を抱きとめているのは、瑠璃族の長老だった。仙人の如《ごと》きいでたちだが、その目は確かに瑠華と同じ瑠璃色だ。

やっと追いついてきた赤英たちを振り返り、瑠華は弾んだ声で言った。

「赤英、浩宇、紹介するわ。こちらは、わたしのおじいさままで……」

その時、浩宇は赤英の後ろにいた。長身で存在感のある彼が、その時は確かに気配を消していた。だから皆、赤英にばかり目を注いでいて、浩宇に視線を向けていなかった。

浩宇の腰から抜かれた剣が、瑠華の真横を通り過ぎ、長老の喉元に届くのに、一秒もかからなかった。

「え……」

瑠華の顔が、笑顔のままで固まった。ガギン、と鉄のぶつかりあう激しい音がした。浩宇の剣を、長老は錫杖《しゃくじょう》で薙《な》ぎ払《はら》った。急襲に気づいた瑠璃族の兵たちが、一斉に浩宇に襲いかかろうとする。

「ま、待って！」

瑠華は慌てて浩宇の前に立ちはだかり、自分の祖父である長老から引き離した。

「浩宇、いきなり何をするの⁉」

「そうだぞ、浩宇、気でも狂ったか⁉」

赤英たちもこぞって浩宇を止めようとした。瑠璃族の衛兵たちは赤英たちにも矛を向けたが、赤英たちが浩宇を止めようとしていることに困惑しているようだった。誰よりも混乱しているのは、瑠華だ。

「浩宇、刀を引いて！」

瑠華は浩宇の手を取り、刀を取り上げようとしたが、その手は逆に捕らわれた。それを見た長老の顔が険しくなる。

「貴様は」

低く慟哭するような、嗄《か》れた声だった。瑠璃族の長年の苦悩を煮詰めたような、声だ。

「龍種。ただの龍種ではあるまい。貴様は」

長老の手に握られた錫杖が、まっすぐに浩宇を指した。

「龍貴帝――――！」

「な……」

浩宇に腕を捕らえられたまま、瑠華は彼の顔を凝視した。もう何度も間近で見た、口づけさえかわした、その顔容《かんばせ》を。

寺院の窓から、光りが射《さ》しこむ。最初は、光の加減でそう見えるのだと瑠華は思った。思いたかったからだ。

浩宇の瞳の色が、変わっていく。平凡な鋼の色から、金色へ。

（う……そ……）

それは龍の色だった。瑠璃族ならば最も忌むべき、龍種の色だ。にわかには、信じられなかった。けれど浩宇が、自らの言葉でそれを肯定してしまった。

「瑠璃族は王朝を滅ぼす命運を担う。即位の前に、今こそ三千年の禍根を断つ」

瑠華の喉がひゅっと鳴った。即位、という言葉が、頭の芯に重く響いた。

龍貴帝。

長老の叫んだ名前は、本物だった。浩宇は、龍貴帝だ。今は空位となっている玉座を埋めるものだ。

震える声で瑠華が尋ねた。

「わたしを、騙《だま》したの……⁉ 浩宇！」

瑠華が瑠璃族であることは、瞳の色で一目瞭然だ。ならば浩宇は最初から、隠れ里に案内させるのが目的で自分に近づいたのだと瑠華が考えるのは当然だった。浩宇は涼しい声で言った。

「騙してはいない。聞かれないから、答えなかっただけだ」

「嘘！」

それこそ嘘だと瑠華は叫んだが、怖ろしいことに、それは真実だった。浩宇に悪意はないのだ。彼は人ではない。悪意などという低俗なものは持たない。後に瑠華は嫌というほどそれを知ることになる。

彼は中華大陸を統べる神龍、神の化身だ。常識の範囲にはいない。

瑠璃族の衛兵隊長が、凍りついた空気を裂くように叫んだ。

「千載一遇の好機だ！ 龍貴帝の首が獲《と》れるぞ！」

「待て！　瑠華が殺される！」

長老がそれを制した。瑠華が殺されれば、瑠璃族の王の血筋は途絶える。それは絶滅を意味した。

（浩宇……）

瑠華は考えた。浩宇は自分を殺すだろうか。殺意は感じられないが、そもそも浩宇は他人に殺意を気取られたことがないだろう。彼の考えは、読めない。

「生きたいか」

浩宇が、長老に向かって尋ねた。長老は確認した。

「……孫娘の命のことか」

浩宇がうなずく。自分の命ならば捨てたかもしれないが、彼ら瑠璃族には瑠華の命は捨てられなかった。

瑠華は絶望した。自分の、愚かさに。

（浩宇が神龍の鱗を持っていたって、当たり前だったんだ――――）

龍に変化した時、自分の鱗を剝がせばいいだけだ。あまりにも単純すぎる事実に、瑠華は自力では辿り着けなかった。

浩宇が、瑠華を抱いたまま長老に要求した。

「ならば和議の証拠を見せろ」

『要求』は最初、長老にされているように見えたが、違った。浩宇は自分の腕に捕らえている瑠華を見た。

「おまえが後宮に入り、俺の子を孕め。それを以て和睦の証とする」

「な……っ」

驚いたのは瑠華だけではなかった。赤英も、長老も、衛兵たちも全員が度肝を抜かれていた。真っ先に我に返った長老が、怒りをあらわにして浩宇にぶつけようとした瞬間、瑠華の頭が冷えた。

「ま、待ってっ！」

瑠華は浩宇の胸にしがみつき、懸命に訴えた。それしか方法が思いつかなかった。

「おじいさまを、みんなを、殺さないでいてくれる……？」

浩宇がうなずく。瑠華は重ねて確認した。

「瑠璃族の子たちに、畑を持たせてくれる!? 飢えずに、凍えずに暮らせる家も与えてくれる!?」

「やめなさい、瑠華！」

怒気を孕んだ長老の声が響く。

それではあまりに誇りがないと、長老は言いたいのだ。瑠璃族としての誇りが、地に落ちて汚れる、と。

けれど瑠華は、誇りよりも生きることを選びたかった。

「わたし……行きます。浩宇……いいえ」

それを言うのは、瑠璃族に対する裏切りだった。それでも瑠華は、決意した。

「龍貴帝の、後宮に」

驚きと不快、侮蔑を含んだどよめきが、寺院の中に響き渡る。こうして瑠璃族と龍王朝の、仮初めの和睦は成立した。

それは瑠璃族にとって、屈辱であることに変わりはない。龍貴帝の子を瑠璃族の姫が産むのは、民族浄化に屈する証にしかならないからだ。

たまりかねた衛士長が、長老に耳打ちした。

「いっそ、瑠華様ごと……」

「できぬ。それではどのみち、瑠璃族の血が途絶える」

苦渋の選択を、彼らは呑みこんだ。浩宇ならぬ龍貴帝に連れ去られていく瑠華に、長老は最後、叫んだ。血を吐くような声だった。

「忘れるな、瑠華！　龍貴帝ある限り、我らに安寧はない！」

それはいつまでも、瑠華の耳に残る呪詛となった。

2　策謀の夜

そうして一年が過ぎて、瑠華は今、龍貴帝の後宮にいる。あの日のことを、瑠華は今でも悲しく思い出す。

(浩宇が本当に、旅の退魔師だったらよかったのに)

それは瑠華の叶《かな》わぬ願いであり、叶わぬ夢だった。

背後に微風《そよかぜ》のような気配を感じて、瑠華は鋭く振り向いた。浩宇とは違う、嫌な気配だった。

「さすがは戦乙女。他の姫君とは、鋭敏さが違いますな」

「李弓《りきゅう》……!」

瑠華は小さく、忌々しげにその名を呼んだ。背後から、音もなく近づいたのは李弓。宦《かん》官《がん》だった。長い髪を結い上げ、長い袖に手を入れて、いつも慇懃《いんぎん》なお辞儀をする。瑠華は嫌悪をあらわにした。

「気配を消して近づくのはやめてと言ったでしょう」

「これは失礼つかまつり申した。我らは帝の宸襟《しんきん》を悩ませぬよう、極力静かに暮らすことを誓っておりますゆえ、ご容赦を」

そう言って李弓はやはり、宮廷式のお辞儀をした。物腰は柔らかいが、言葉に棘《とげ》がある。美しいが、蛇のような男だと瑠華は思う。否、もはや男ではない。宦官は去勢されている。

(この男は浩宇の敵だけれど、私の味方というわけではない)

宦官による専横こそが、宸襟を悩ますものであることは明々白々で、その宦官たちの頂点に立つのがこの李弓だ。瑠華が心を許せるはずがなかった。

(浩宇には、あまりにも味方が少ない)

そのことが瑠華には信じられなかった。仲間たちと旅をしていた頃の浩宇は、赤英たちとそれなりにうまくやっていた。瑠華だってその一人で間違いなかったのだ。

(だけど私はもう、浩宇の味方にはなれない)

瑠華は、表向き浩宇に従うことで、瑠璃族の使者との面会を許された。たったそれだけの権利を得るために、瑠華が浩宇の閨でさせられたことは、誇り高い瑠璃族の姫に耐えられるものではなかったが、瑠華を苦しめたのは淫行の激しさではなかった。ただ、それが浩宇だから、瑠華の心は引き裂かれた。

瑠華の懐には今、孕まないための秘薬と、針が呑まれている。長老はまだ、龍王朝を倒し、瑠華を取り戻すことをあきらめてはいなかった。

『これで龍貴帝の寝首を掻け』

それが瑠璃族の姫として、瑠華に与えられた使命だった。

今宵こそ、明日こそはと日延べしてきた暗殺を、今日こそ実行しないといけない。瑠華の心は焦燥と葛藤に支配されていた。

女官たちの手を借りて湯浴みをし、夜着に着替える。入浴も着替えも瑠華は自分一人でしたかったが、後宮の寵姫である以上、それは許されない。瑠華が拒めば、女官たちが罰を受ける。

「瑠華様、香油を」

女官に促され、瑠華は背中に香油を垂らされるのを受け入れた。浩宇……帝の、好きな香りだ。

髪にも香油を垂らされ、こうして瑠華は浩宇へ差し出される寵姫へと仕立て上げられる。

本来の『役目』は、龍王朝の継嗣たる浩宇の子を孕むことだが、瑠華はそれだけは避けたかった。

（もし私が浩宇の子を孕んだら、宮廷内の勢力争いはもっと激化する。私は、敵対する瑠璃族の姫なんだから……）

犯される前でさえ、浩宇の心配をしている自分のことが、瑠華は悲しくなる。

孕まないための薬草を煎じた秘薬を飲んでいることは、もちろん浩宇には秘密だ。浩宇は瑠華を、石女《うまずめ》と思っているかもしれなかった。

瑠璃族の使者からこっそりと渡された仙薬の蓄えも、もう尽きようとしている。瑠華が浩宇暗殺を急がなければならない、もう一つの理由だった。

身支度を終え、女官を下がらせると、瑠華はそっと懐に呑んだ針を確かめた。

もともと瑠華の得意とする武器は槍だ。こんなちまちまとした針での暗殺は、得意ではない。だが、槍など閨に持ち込めるはずもない。

この長針だけが、暗殺のための武器だ。

（失敗は許されない）

瑠華は改めて、自分に言い聞かせる。

閨の広い寝台に、浩宇がいる。瑠華は一人、そっと彼のもとへ歩み寄った。

いつもと同じようにしていないといけない。彼は気配の変化に目敏《めざと》い。少しでもおかしな様子を見せれば、勘付かれてしまう。

瑠華が大人しく身を寄せると、浩宇は満足そうに目を細めた。瑠華の細い顎に指をかけ、自分のほうへ向かせる。

「今日は、大人しいな」

疑念ともとれる言葉に対して、瑠華は小さく返事した。

「……あなたに、従います」

すべてあきらめた、というていで、瑠華は言った。図らずも緊張で声が震えている。迫真の演技と言えなくもなかった。

浩宇がそれを信じたかどうかわからないが、彼の心が瑠華にあることだけは確かなようだった。

「ンッ……」

深く口づけられて、瑠華は苦しげな声を出す。浩宇の背中に、手を回す。これが最後の抱擁だろうと覚悟すると、自然に涙が溢れた。

愛しい、と感じている心は確かに本物だ。嘘はない。だから浩宇は、『騙された』のかもしれなかった。

（ごめんなさい）

私もすぐに後を追うから、と、瑠華は心で誓う。

瑠華が死ねば瑠璃族の王族の血は途絶える。それでも瑠華は、浩宇のいない世界で生きていたくはなかった。浩宇は、幼い時から龍王朝と戦うことだけを使命としてきた瑠華が抱いた、たった一つの願いだった。

浩宇の手で、瑠華の着物が肩から滑り落とされる。するりと落ちたそれは敷布の上で丸まった。毒針は、いつでも取り出せるよう、着物の襟に仕込んであった。

細身の体には不釣り合いなほど大きな乳房が、あらわになる。燭台《しょくだい》の細い灯《あか》りに照らされたそれは、艶《なま》めかしく、白かった。

「あ……ン……」

柔らかな丸みを浩宇の手で摑まれて、瑠華は息を吐く。背後から抱かれ、愛撫《あいぶ》されることに瑠華は弱かった。

「う……あ……」

抑えても抑えきれない喘ぎが漏れる。帝を手練手管で籠絡させるには、瑠華は不適格だった。瑠華はただ嬲られて、感じるだけの傀儡《かいらい》だ。

激しく抱かれた後、帝が寝入ってから暗殺するか。それも瑠華は考えたが、龍種はあまり眠らない種族だし、眠っている時でさえ知覚は鋭いままだ。ならばやはり、抱かれている最中に針を刺すほうが成功する確率は高いだろうと思い直した。

問題は、『終わる』まで瑠華自身が意識を保てているかどうかだ。

（だ、め……あまり、感じて、は……）

帝の寵愛を受けながら、瑠華は自分を戒める。

連続して強いられる絶頂で、意識を失ったことが瑠華には多々、あった。気を失ったまま犯され続け、それを映し出した魔水晶を見せられたこともある。

「ふ、ぅ……ン、ん……っ」

その時のことを思い出し、瑠華は身体《からだ》を熱くした。

銀鱗宮の秘宝たる魔水晶は、術者の望む過去を映し出す。扱えるのは銀鱗宮の主だけだと聞く。

魔水晶には、瑠華の痴態が余すところなく映し出されていた。何度も胎内に帝の子種を注がれ、しどけなく開かれた足。その奥が、映し出されている。

紅く上気した頬。薄く開かれた唇。瑠華はそれが、自分の顔なのだとは信じたくなかった。

開かれた内股の奥に、紅い花弁が見えた。帝の雄蘂で滅茶苦茶《めちゃくちゃ》に突かれたそこは、無惨に散らされた花のようだった。花弁が震えている様すら映し出されていた。

魔水晶の中で、浩宇は瑠華の膝を深く折り、瑠華の中へ自身を呑みこませていた。力が入っていないせいか、瑠華の雌孔はすんなりと浩宇の太いものを受け入れている。

「あ、ぅ……あぁ……っ」

瑠華は思い出す。意識はなくても、身体は絶頂するのか。浩宇が腰を進める。無抵抗の体の芯に、太い雄蘂が潜りこむ。紫色の魔水晶の中で、ぱちゅっ、と音がしていた。奥まで突き入れられた音だ。犯されながら乳首をしごかれ、瑠華は内股を震わせ、結合部分からは濃い蜜を飛ばしていた。

（わたし……眠りながら犯されて、絶頂していた……）

犯されている自分の姿も、犯している浩宇の姿も壮絶に淫らで、瑠華は怖くなる。

「はぁっ……ん、ん……」

回想が中断された。魔水晶の記憶ではなく、今、現実で瑠華は帝に抱かれ、声をあげている。

ちゅく……と指が、濡れた花弁の奥に入ってくるのを感じて、瑠華は泣き声をあげた。

「あ……嫌、ぁっ……」

クチュクチュと掻き回され、瑠華の眦に涙が浮かぶ。帝はこうして瑠華を膝に抱き、後ろから嬲るのを好んだ。

「あぁっ……！」

帝に抱かれるまではその存在すらあやふやだった雌芯が、帝の手によって露出させられる。割れ目を暴かれ、剥き出しにされた淫芽をつままれ、瑠華の下腹に甘い疼きが走る。

そこは瑠華を淫らに堕とす、核心だった。胎内が、帝を欲して熱く滾るのだ。

「い、ぁ……あぁっ……」

嫌とは言えず、瑠華は歯を食いしばる。同時に、乳房も嬲られた。たっぷりと柔らかな膨らみが摑まれ、揉みこまれる。紅く尖った乳首は、雌芯とつながっているかのように敏感に反応した。

「ま、前、から……っ」

瑠華は、精一杯の『おねだり』をした。

「抱いて、くださ、ぃっ……」

この体勢では、暗殺は不可能だ。目的のためには、瑠華は正面から帝に抱かれないといけない。

帝は——浩宇は意地悪く嗤い、瑠華にさらなる服従を強いた。

「ねだる時はどうするんだ？　瑠華」

「……っ……」

瑠華は、以前帝に強いられた行為を思い出し、かぁっと顔を紅くした。覚えてはいるが、思い出したくはない行為だった。

(でも……今日は、最後の日……だから)

目的の達成のためにも、それは避けては通れない。

瑠華は自ら体を反転させ、帝と向き合った。

「ん……っ」

帝の唇に、瑠華は自分の唇を押し当てる。不器用な接吻《せっぷん》だった。それから瑠華は、帝の首筋から胸元へと唇を滑らせていく。妖魔を斬り伏せるのに剣を振るったその胸板は、厚かった。

「……ふ……っ」

熱い息を漏らしながら、瑠華の顔は帝の下肢に辿り着く。

そこには何度も瑠華を犯し、泣き喘がせた帝自身の雄蘂があった。逞しく反り返ったそれは、臍に届きそうなほど大きく、瑠華を怯えさせる。

長い髪を掻き上げて、瑠華はそっとその先端に唇を寄せた。それが服従の合図であり、証だった。貞淑な瑠璃族の姫にとっては、最悪の行為でもある。

瑠華の小さな唇が開かれ、くぷりと亀頭をくわえる。自然と涙が頬を伝っていた。瑠華がまだそれに慣れていない証だった。

愛らしい少女の口に、凶悪なほど太い陰茎《いんけい》が呑みこまれていく様を、帝は好んだ。

「ん……ふ、ぅっ……」

息を乱しながらも瑠華は懸命に、帝のものを愛撫した。口に含み、甘く吸い、時折口から出してぺろぺろと仔犬のように舐める。張り詰めた裏筋にも指と舌を這わせる。それでは飽き足らないのか、帝は瑠華の後頭部を軽く押さえ、瑠華の口をすべて犯した。

「うぅぅっ……」

苦しげな声が瑠華の口から漏れる。

やっと引き抜いてもらい、瑠華は肩で息をした。散らされた花のような唇から、透明な糸を引いて浅黒い肉杭が出て行く。

瑠華はその根元に指を添え、上目遣いでねだった。

「……どうか、ご寵愛、を……」

子種をねだる時の『作法』だった。今までの瑠華なら絶対に、自発的には言わなかったことだ。

「いい子だな」

帝は瑠華の髪を撫でると、ようやく瑠華を組み敷いた。何度されても慣れない交合に、瑠華は覚悟を決めてぎゅっと目を閉じる。

「あ、う、あぁぁー……っ！」

帝の胴を挟む瑠華の足が、びくりと痙攣した。柔らかに蕩けた蜜肉を押し分けて、太く、熱いものが入ってくる。それだけで瑠華の体は、淫猥《いんわい》な悦びに達してしまいそうだった。初めて抱かれた時から瑠華の体は、帝の手管で変えられてしまっていた。

「はぁっ、ん、あぁっ……！」

入れたまま乳房を愛撫され、瑠華は身悶える。

「可愛い……本当に、おまえは」

「あっ、嫌、ぁっ……！」

抜かないで、と無意識に瑠華の体は帝を引き留めた。それは任務のためではなく、思わず零《こぼ》れた本音だ。

やっと入れてもらえたのに、と淫らすぎることを考えている頭を、必死で正気に戻そうとする。

帝は構わず、自身を瑠華から引き抜き、瑠華の豊満な乳房に顔を寄せた。

「ひぃっ、ん……！」

感じすぎる突起を吸われ、尖らせた舌先でちろちろと嬲られて、瑠華の声が甘くなる。

が、今の瑠華が欲しているのは、そんな甘い愛撫ではなかった。

「あぁっ……い、や……嫌、ぁあっ……浩、宇……っ！」

無意識に、呼んではいけない名前を瑠華は呼んでいた。今の彼は浩宇ではない。龍貴帝だ。

龍貴帝がそれを責めるそぶりはない。むしろ彼は、瑠華にそう呼ばれることを悦んでいるような節があった。

「あぁー……っ！」

帝の舌で、ぬちぬちといやらしく乳首を舐られて、瑠華は帝の頭を掻き抱き、身悶えた。

「やめ、てっ……胸、そんな、に、しちゃ……ぁ、だめ、えぇっ……！」

乳首を甘嚙《あまが》みされながら、乳房の脇をするりと撫でられる。ぞくぞくするような快感に、瑠華は軽く達した。それほど敏感な瑠華の肉体を、帝は愛おしんだ。

「お、願、ぃ……しま、す……早、く……ぅうっ……！」

泣き喘ぎながら、瑠華は自ら足を開く。羞恥に耐え、花弁に指を添え、人差し指と中指で自らの蜜孔を晒すことさえした。

再び帝が、瑠華の中に押し入る。

「はぅっ、んんぅう……っ！」

瑠華は爪先をきゅぅっと丸め、絶頂に達しないように堪えた。帝に唇を求められれば、自ら舌を差し出して応じた。舌を絡めあいながらの交合は、瑠華の理性を毒のように侵す。

(だめ……この、隙に……)

帝を、殺さなければならない。

瑠華は、自分の体の下敷きになっている着物をそっと探った。毒針を隠した場所は、目を閉じていてもわかる。

(これで、帝の亜門を……)

首と頭のつなぎ目、その真ん中に突き立てる。そこは人体の急所でもあり、龍の弱点でもあるはずだった。

(ごめんなさい……ごめんなさい、浩宇……)

愛していると、瑠華は心で叫んだ。確かに瑠華は浩宇を愛していた。一度は添い遂げることも誓った相手だ。瑠璃族の女は、生涯に一人の夫しか持たない。だから浩宇は必然的に、瑠華のたった一人の男だった。

唇を甘く貪られながら、瑠華は浩宇の頭を抱くふりをして針を近づけた。その時、瑠華の肉体に強い刺激があった。

「ひうぅぅっ⁉」

思わず、はしたない声が出た。深く貫かれながら、後孔を弄られたせいだ。

「い、嫌ッ、嫌あぁっ……！」

そこは嫌だ、と泣き喘ぎ、瑠華は身を捩る。浩宇の指が、まだ未踏のままの後孔に忍んできていた。上の孔は太いもので塞がれているが、その窄《すぼ》まりは後宮に入っても手つかずだった。性交に用いるはずがないと瑠華が信じていたその箇所が、帝の手によって暴かれようとしていた。

「いやぁー……っ！」

瑠華の口から、本気の泣き声があがる。大量に溢れ出た蜜のぬめりを借りて、節くれ立った男の指が、ぬるりと容易く入りこんでしまう感覚に瑠華は肌を粟立てた。

窄まりは瑠華の意思を無視して愛らしく収斂し、指を締めつけている。何度か掻き回され、ようやく抜いてもらえたことに、瑠華は安堵の息を漏らす。かろうじて毒針は落とさなかったものの、もはや体に力は入らず、暗殺は未遂に終わった。

「はぅっ、ンンッ……」

深く瑠華を貫いていた帝のものが、引き抜かれる。ずるりと蜜肉をこすられる感触に感じて、瑠華はまた甘い声を出す。瑠華の肉体はすでに、帝の手中に完全に堕ちていた。

（今、やらなきゃ……）

蕩けた体に、瑠華は懸命に力をこめる。甘えるふりをして、浩宇の首に手を回す。

「ン……」

自ら甘く浩宇の唇に舌を這わせ、恭順の口づけをする。光る針が、浩宇の亜門へと迫っていた。

刺さる、と瑠華が確信した瞬間、瑠華の体は引き離された。

「あ……！」

瑠華の顔から、血の気が引いた。

軽く震えている瑠華の手を、帝が掴む。瑠華の手に握られた針を、帝は唇で挟んで器用に取り上げ、寝台の下へ投げ捨てた。

「いたずらが過ぎるな」

子供のいたずらを揶揄するような言い方だった。が、瑠華にとっては畢生《ひっせい》の一撃が失敗したことを意味した。

「こ、殺し、て……！」

咄嗟《とっさ》に瑠華はそれを願った。帝の玉体を傷つければ、死罪だ。

もとより瑠華は、帝を――浩宇を殺したあと、死ぬつもりだった。それが失敗したのなら、浩宇の手で殺されてもよかった。

けれども『帝』はその願いを受け入れない。

「断る」

瑠華の細い顎を掴み、帝は瑠華の泣き濡れた顔を覗きこむ。

「仕込みが足りなかったか？」

ひ、と瑠華が息を呑む。夜ごと仕込まれて、帝のものに変えられた軀が憐《あわ》れに震えた。最初は従うふりをするだけのはずが、頭の芯まで蕩かされて、まるで自らの意思であるかのように淫らにしがみつく。これ以上何を、と瑠華は怖くなる。

瑠華の恐怖をまるで楽しむかのように、帝は嗜虐的に嗤った。

「死ぬ気もなくなるような、仕置きをしてやろう」

「あ、あぁ……」

瑠華の長い睫毛が、絶望に伏せられる。帝は、瑠華を意思を持たぬ生き人形にはしない。そうする方法もあるはずなのに、それはしないのだ。あくまでも瑠華が自分の意思で、帝を欲しがるまで追い詰める。そのやり方が、ひどすぎた。

長い夜の始まりだった。

休むいとまも与えられず、瑠華は後宮の別室に運ばれた。

誰もいない回廊を、瑠華は帝に抱かれたまま下る。透き通ったきざはしの下に、幻の海が見えた。銀の鱗を翻して泳ぐ、魚たちの乱舞が美しく目にしみた。銀鱗宮と呼ばれる所以《ゆえん》の景色だ。

長い回廊の下は、瑠華も足を踏み入れたことのない最奥だった。水の底に沈んだ、透き通った閨だ。ここへ至るまでの道中、瑠華は誰にも会わなかった。裸のまま帝に抱かれている姿を見られなかったことは幸いだが、瑠華はまるで異界に迷いこんだような不安も感じた。

(空を往く魚しかいない世界)

そこは果たして、人の住まう領域か。天空に海などあるはずがないのに、周囲は確かに海だ。

閨の扉が開けられた。てっきり無人だと信じていた瑠華は、室内に人の気配を感じ、はっとして裸体を隠す仕草をした。

閨には見覚えのある顔の少年が一人、立っていた。

少年は瑠華を抱いた帝の姿を見て、臣下の礼をした。瑠華は思わず、少年の顔に見入る。

（どこかで、会ったことがある……？）

　度重なる荒淫で、瑠華の頭はだいぶぼやけていたのだろう。それが、鏡のようだとは咄嗟に思いつくことができなかった。

　数秒凝視して、瑠華は彼が誰に似ているのかやっと気づいた。

（私に、似ている）

　似ている、などというものではなく、ほとんど瓜二つ《うりふた》つ、鏡あわせのようだった。瑠華と同じように、髪を後ろで束ねている。少年だと視認できたのは彼が官服を着ていたせいで、女物の服を着せればさらに瑠華に似るだろう。ただ一つ違うのは、瞳の色だった。瑠璃族である瑠華の瞳は翡翠色だが、少年の瞳は黒かった。

　少年に向けて浩宇が面白そうに告げた。

「俺の寵姫は強情でな」

「遣いの魚に聞きましております」

　淡々と冷たく、少年は答えた。声は確かに男のもので、瑠華とは違った。

「用件はわかっているな？」

「は」

　短く少年が答える。

（宦官では、ないの……？）

瑠華はまずそれを疑った。後宮に男は立ち入れない。立ち入るのを許されるのは、女官か、去勢された宦官だけだ。

少年の中性的な容姿は、宦官に相応《ふさわ》しく見えた。

帝に目配せをされ、少年が下穿きを脱いだ。あらわにされたそこには、顔に似合わぬ立派な逸物《いちもつ》が反り返っていた。

「あ、嫌っ……」

雄々しく反り返ったそれに、瑠華が怯える。帝のものに比べれば、まだ少年らしい初々しい色ではあったが、すでに成熟した雄であった。

怯えて首にしがみつく瑠華を、浩宇がなだめる。

「おまえに入れさせたりはしない。あれは、飾りだ。切り落とすのも惜しくてな」

帝は瑠華を、寝台に下ろして言った。

「星華《せいか》は、おまえによく似ている。だから捕らえた」

「拙は捕らわれてなどおりませぬ。忠心より主上にお仕えしております」

少年は名を星華と言った。名前まで瑠華に似ていたが、それは偶然ではなかった。

「帝より名を賜りましたこと、恐悦至極に存じます」

「もしかして、あなたは……星詠みの一族？」

瑠華には心当たりがあった。瑠璃族と同じように、龍王朝に滅ぼされた民がいた。遙か西方の、星を詠む異種族だ。彼らは星を詠むことで、人の運命を知るという。その異能を怖れられ、疎まれ、滅ぼされたのだと瑠華は聞いていた。

「いかにも」

と、星華は首肯した。瑠華と彼との違いは、帝に対して忠心を持っているか否かだ。星華の様子からは、帝への反発は感じ取れない。

裸の瑠華を、浩宇が寝台へ運んだ。

「星華は、俺が捕らえる前、豪商に囲われ閨房術《けいぼうじゅつ》を仕込まれていた。美しい者は難儀だな」

閨房術、と聞いて、瑠華の顔色が変わる。

「お、お許し、ください……」

「許しを乞うなど、おまえらしくもない」

袍《ほう》を脱ぎながら、帝が言う。確かにそうだと瑠華も思う。けれども瑠華はすでに、命さえあきらめてしまっている。今さら何を望めばいいのかもわからない。

（私が、望むのは――――）

追い詰められて、核心があらわになる。

瑠華が守りたいのは、帝の――――浩宇の、命だ。

浩宇が幸せに生きながらえることだ。

(だけど、それは……故郷よりも、大切……?)

いくら自問しても、答えは出ない。瑠華にはどちらも大切で、選べなかった。

戸惑う瑠華の傍らで、悪辣な会話が進んでいく。

「どうなさいます?」

「多少は手荒くしてもいいが、絶対に傷はつけるな」

「は」

帝の下命に、星華は恭しくうなずいた。

(……好きにすればいい)

どうせもう奥の奥まで浩宇に汚された躯だ。今さらだ、と瑠華は気丈に星華を睨《にら》みつける。

「う……」

着衣をはだけられ、瑠華の胸元があらわにされる。大きな膨らみが、熟れた果実のようにまろび出る。

「舌でお慰めしろ」

瑠華の顎を摑み、星華が命じる。

「陛下は玉体のここを、舐められるのがお好きだ。やれ」

ここ、と星華が示したのは、帝の屹立《きつりつ》だった。瑠華は仕方なしに、そこに顔を近づける。

（さっきは、中途半端に終わってしまった、から……）

帝は今宵、まだ瑠華の胎内に精を注いでいない。そのせいか、彼のものはまだ熱く、硬かった。

広い寝台に寝そべり、瑠華は帝のものを口唇《くちびる》で愛撫した。根元に手を添え、小さな唇で先端を吸う。ちろちろと紅い舌が遠慮がちに動くのが、帝の目には愛らしく映っていた。

「やっ……⁉　さわら、ないで……っ！」

不意に背後から、瑠華の臀部に星華の手が触れた。瑠華は振り払おうとしたが、帝がそれを止める。帝に許されれば、瑠華にはどうしようもない。

「あ、ううっ……」

寝台の上で突き出すような格好をさせられた瑠華の臀部が、星華の手で暴かれた。艶やかな丸みを持つそこが左右に開かれ、奥の石榴《ざくろ》がぱくりと開かせられる。外気を感じて、瑠華は震えた。

「ああっ……」

ねっとりと冷たい何かが、瑠華のそこに塗りこまれた。媚薬だ、と瑠華は察した。それを使われるのは、初めてではない。違うのは、それが帝の手ではなく星華の手であるということだ。

星華の指は、男とは思えぬほど細く、なめらかだった。帝の逞しい体しか知らない瑠華には、異様に感じられた。まるで女にされているような、倒錯を覚えた。

粘度の高い媚薬を、自分と同じ顔をした少年の手で陰部に塗りこまれる。倒錯的な事態に、瑠華の髪がぱさぱさと揺れる。

「ひっ……んっ！」

媚薬でぬめる指で、巧みに陰核をつままれ、こなれてもまだ硬い花弁の奥を優しく抉られて、瑠華のそこは塗りこまれたものとは別の蜜を滲ませた。帝が、愛撫を中断されている自身の屹立を瑠華の口元に突きつける。

「どうした。俺以外の男の指でも感じるか」

「ちが、い、ます……っ」

「雄々しい益荒男《ますらお》であれば触れさせなかったが、なにぶんこの顔だからな。並べて愛でたい」

「ひ、ひどい……」

私は、私たちはおもちゃじゃない、と、瑠華は眦に涙を浮かべた。星華のほうはむしろそれを光栄にすら感じているようだった。

瑠華の陰裂が媚薬と愛液でしとどに濡れる頃、瑠華の口唇で愛撫された帝のものも極限まで高ぶった。帝は瑠華を後ろ向きにさせ、膝に抱いた。

「ン、あぁぁっ……！」

座ったままの後背位で、瑠華は貫かれた。たっぷりと濡らされた淫花の中へ、瑠華の口で濡らされた帝の剛直が、ちゅぶっ、と卑猥な音をたてて沈みこむ。

（嫌ッ……いきなり、奥、まで……っ）

何度呑みこまされても、帝のそれは太く、大きい。

先は、子を孕む壺《つぼ》にまで届いている。

「い、やぁっ……」

（奥までっ……拡げられて、しまう……）

痛みはないが、圧迫感に瑠華は喘ぐ。

けれども、『仕置き』はここからが本番だった。

「え、あっ……!?」

星華の手が、瑠華の乳房に伸びた。少年の手のひらで胸を弄ばれ、瑠華は足をばたつかせる。

「や、やめ、て……」

浩宇以外の男に、これ以上触られたくないという瑠華の願いは散った。

「おまえの傀儡を使ってやれ。瑠華はあれが好きだ」

「す、好きじゃ、ない……!」

瑠華は懸命に否定する。傀儡というのは、帝が時折瑠華を嬲るのに使う、下等な妖魔だ。人の姿すら保てない、妖魔の一部と言ってもいい。

あれはもしかしたら、もともとは帝のものではなく、星華のものだったのかもしれない。星華は帝の意向に忠実に、寝台の下から傀儡を這い出させた。

「い、やぁぁっ……!」

毒々しい緑の触手が、瑠華の乳房に絡みつく。大きな乳房が、根元からぎゅっと締め上げられる。

「ひ、ひぃぃっ……!」

両方の乳房が、形が歪《ゆが》むほど揉みしだかれた。触手はそれ自体がぬめりを帯びている。

瑠華の乳房は艶やかに濡れた。

「え……あ……?」

いきなり触手が細くなり、瑠華の乳首を締め上げた。小さな乳首を無理矢理勃起させられ、乳頭をちろちろと舐めまわされ、瑠華は胸を仰け反らせる。

「ひぅんっ！」

「いいぞ。おまえの中も、気持ちいいと言っているのが伝わってくる」

乳首を嬲られるたびにヒクつく蜜孔は、帝のお気に入りだった。根元まで入れられている帝のものを、瑠華は無意識に締めつけていた。

「あ、何を、するのっ……待っ、て、やめ、てぇっ……！」

乳頭に、つぷりと極細の触手が潜りこむ。びりりと痺れるような感覚に襲われ、瑠華ははしたない声をあげた。

「ンあぁぁっ！」

あろうことか、極細の触手は瑠華の乳首を犯したのだ。今までも散々に嬲られてきた瑠華でも、それは初めてのことだった。

「やだっ、嫌っ、そこ、そんな、に、しない、でぇっ……！」

敏感にしこった乳首の中で、触手はつぷつぷと何かを探すように繊細に蠢く。つながれた陰部は、帝に突き上げられ、落とされるたびにぢゅぷっと結合部分から淫液を飛び散らせる。

「んぁっ、あぁぁっ……！」

瑠華は一度、絶頂した。その瞬間に、乳首の中へ潜りこんでいた触手が引き抜かれた。

再び太い触手で乳を搾られ、空洞になったそこから乳白色の母乳が飛んだ。

「ひ、ぃ、あぁっ⁉　な、なん、で……っ……どう、して……ぇっ……⁉」

子も産んでいないのに、なぜ乳があふれ出すのか。瑠華は恐慌状態に陥った。

(孕まないための秘薬はちゃんと飲んでいるのに……どうして⁉)

浩宇の子を産むことを、瑠華が夢に見たのは一度や二度ではない。その夢は叶わず、瑠華の肉体はただ帝を愉しませるためだけの玩具に成り果てている。そのことが瑠華は、悲しかった。

帝が、からくりを瑠華に教える。

「少し細工をした。星華の傀儡は、孕まぬ女からでも乳を搾れる」

「ひうぅぅっ！　ん、ぁっ、やぁっ、あぁぁぁっ！」

瑠華の肉体は、絶頂を止められなくなった。帝に犯されたまま、大きな乳房を揺らし、乳首から白い蜜を撒き散らす。

まるで、乳房が射精し、絶頂しているようだった。

「嫌っ、嫌、いやぁぁっ！　胸が、痺れてるっ……イくの……止まらな、ぃのぉっ……！」

白汁を噴き出す乳首から、下腹に向かってびりびりと痺れるような快感が間断なく伝わっていた。下肢では帝の形をすっかり覚えさせられた肉襞が、さらに濃い蜜を滲ませながら帝の雄蘂に絡みつく。

怖い、怖い、と瑠華が泣き喘ぐと、帝がやっと助け船を出した。

「ほどほどにしてやれ。干からびてしまっては困る」

「ご懸念は無用にございます。もとよりこれは外法《げほう》の術。人の世の理にはございません」

星華は瑠華の耳元で、瑠華にしか聞こえない音を声に変え、囁いた。星詠みの一族の持つ、特殊な音だった。

「イキ狂ってしまえ」

「うあぁぁっ……！」

堰《せき》を切ったように、瑠華は連続して絶頂した。爪先がきゅぅっと丸められ、震える。肉の薄い下腹が波打つ。その中には、臍の下にまで届く帝のものが入れられている。

「はぁっ……ん……あ……っ」

ひとしきり瑠華を懊悩させると、帝は一度、瑠華から自身を引き抜いた。

「続きをするか？」

瑠華は寝台に突っ伏して、ふるりと首を振る。帝はまだ、達していない。

「ならば、終わらせるか」

口元に差し出されたそれに、瑠華は素直に口づけた。

散々自分を責め抜いたこれを、空っぽにしなければいけない。そうしないと、終わらない。

「んぅ……っ」

ぺちゃぺちゃと音をたてて、さっきより大胆に瑠華は舌を使った。

「これも使え。立派なものだ。なんのためにぶら下げている」

白濁蜜にまみれた大きな乳房を、星華の指がぴしりと弾《はじ》く。瑠華は自分でそれを掴み上げ、その谷間に帝のものを挟みこんだ。

「あ……あぁ……」

惨めさで、涙が出た。これでは本当に、娼婦だ。もはや瑠璃族の姫としての誇りも何もない。

「ん……う、ん……っ」

胸の谷間で、ぬるぬると帝の肉杭が滑る。切っ先が上へ来た時に、舌を使うように瑠華は言われた。言われた通り、瑠華は舌を差し出す。閨房の指南とは、こういうことなのだろう。

紅い舌を差し出し、突き出された先っぽをちろちろと舐める。その愛らしい仕草に、帝の歓心は満たされたようだった。

「帝の子種だ。ありがたく飲み干せ」

星華に言われるままに、瑠華は口に放たれたそれを嚥下《えんか》した。子壺に注がれるよりはマシだからだ。しかし。

(おいしい――――)

蕩けきった体に、それは甘露のように感じられた。いよいよ自分の肉体が堕ちきってしまったことを、瑠華は感じずにはいられなかった。

これで終わる、と息をついたのも束《つか》の間《ま》、瑠華の身に新たな受難が襲った。

「い、やっ!? そこ、だめ、っ……!」

次に星華が魔手を伸ばしたのは、瑠華の後孔だった。瑠華が一番嫌がる弱点だ。星華はそこを、主君のために開発しようとしていた。きつく閉ざされた窄まりが、指で拡げられ、中にまで指を入れられてしまう。

「だめっ、嫌、ぁ、さわら、ないでぇっ……!」

「力を抜け。抜かずとも、抜かせてみせるが」

淫裂に塗りこまれたのと同じ媚薬を、窄まりにまで塗りこまれ、瑠華は滅茶苦茶に尻を振る。後孔をほぐされる異様な感触に、涙が止まらなかった。

「陛下を飽きさせるな。おまえの体はすべて陛下のものだ」

星華の怜悧《れいり》な声が響く。

「陛下の形に、馴染ませる。この形を覚えておけ」

「あーッ……あぁっ……」

淫液を塗りこんだ窄まりに、適度な弾力に富んだ何かが入れられた。雌孔に比べればまだ堅い肉筒を押し広げ、それは瑠華を犯した。ぐぢゅ、と音をたてて奥まで入れられた途端、瑠華は子壺がきゅんと疼くのを感じていた。

「あ、ぁ……」

瑠華は泣きながら顔を伏せた。嘘が嘘でなくなってしまう。本当は愛しいと、恋しいと、身体が訴えてしまう。

保たないといけないのは敵意だ。それが瑠華にはひどく困難だった。

「次は前だ。あまり暴れるな」

星華によって仕込まれていく瑠華の肉体を、帝は陶然と眺めている。後孔に帝のものを模した玩具を入れられたまま、瑠華は仰向けに転がされる。開かされた太股の奥に、星華の指が触れた。

「きゃひっ！」

いきなり淫芽をつままれ、瑠華の肩がびくんと窄まる。星華は瑠華の小粒なそれをつまんだまま、何事か呪文を唱えた。

「う、う、そ……っ……嫌、あぁ……！」

星華の指でつままれたそこが、むくむくと大きくなる。他の女よりもおそらくは未成熟で小ぶりだった瑠華の淫芽は、みるみるうちに膨らんだ。

幼児のそれと同じ程度に小さいが、それは確かに陽根だった。

「や、やだ、あぁっ……！」

「戯れが過ぎるぞ」

本気ではない口調で帝が口を出しても、星華がやめるはずもない。これは、帝のためだけの遊戯だ。

「ですが、頑なな寵姫をお堕としになられるのなら、これが一番よろしゅうございます」

「だ、そうだ。瑠華、どうする？」

「うぅっ……あぁっ……」

瑠華はただ、自分の身の上に起きていることに怯え、震えている。男ではないのに生やされてしまった陽根は、確かに勃起していた。

(わたし……もう、帰れない……)

異形の術まで使われ、胎内の奥の奥まで憎むべき龍種に犯された自分にはもう、帰る場所はないと瑠華は思った。それを屈辱だと感じていられるなら、まだ救いはあったのに。

彼は、紛れもなく瑠華の愛した浩宇の肉体を有している。

美しい少女の痴態は、帝をじゅうぶんに愉しませたようだった。帝はやがてその竜顔を、瑠華の股間にうずめた。

「おまえは陽根を生やしても、愛らしいのだな……」

「あ、ぅ、やぁぁっ！」

もとは陰核だった陽根をぺろりと帝に舐め上げられ、瑠華が絶叫する。凄まじいまでの快感が、そこから迫り上がった。

(う、嘘っ……嫌、だ、これ、感じ、すぎ、る……っ)

「ひぃぃっ！」

帝の指が瑠華の陽根をこねた。淫液にまみれたそれは、コリコリと芯を弄られて、また少し大きさを増した。

「子種は出るのか」

「それはさすがに、この星華にもできませぬ。女の蜜液に似たものならば搾れまする」

「ならばよい。瑠華を男にされては困る」

帝はいよいよ瑠華のそれに口をつけた。

「帝の口で達してみるか？　瑠華」

「ひぅ、ぁぁっ……！」

ちゅっと音をたてて陽根を吸われ、瑠華の内股がびくびくと痙攣した。今までに感じたことのないマグマのような快感の塊が、下腹から迫り上がってきていた。

「やぁっ嫌あぁっ……！　離し、てぇっ……！」

男の快感など、瑠華は知らない。瑠華でなくても、知る女はいないはずだ。瑠華は女の身でありながら、それを知らされようとしていた。

（熱い……何か、こみあげて、くる……）

出したい、という欲望で、頭の芯が白く濁る。なんでもいい、なんでもするから、軀の中で滾るものを出させて、と縋《すが》りつきたくなる。無意識に浩宇の髪に手を置いて、もっと深くくわえて、と言いそうになる。瑠華にとっては気が狂いそうなほどの責め苦だった。

構わずに浩宇が星華に尋ねた。

「袋は作れぬか」

「お望みとあらば」

「も、もぉ、やめ、てぇえっ……！」

これ以上されたら、おかしくなる。帝はそう泣き喘ぐ瑠華の淫裂に指を入れ、蕩けた媚《び》肉《にく》の中をちゅくちゅくと音をたて、まさぐった。

「あぐぅっ！」

中から快楽のつぼを押され、瑠華は腰を突き上げるのをやめられない。帝は瑠華の女の部分を可愛がりながら、その小さな雄蘂を吸った。ぬるぬると熱い舌で反り返った裏筋を舐められ、ぷっくりと愛らしい亀頭が皮を押し上げ、剝かれる。先端の切れ目を帝の舌で擽られ、瑠華ははしたなく絶叫した。

「あ、はあぁぁっ！」

（出ちゃう……だめっ、出ちゃうぅぅっ……！）

よりにもよって浩宇の口に、何かが出てしまう。女の瑠華には耐えがたい、あり得ない絶頂がその身に迫っていた。

帝はとどめに、瑠華の蜜孔をクチュクチュと指で鳴かせながら、小豆のような亀頭を吸った。

「うぁ、あぁンッ！」

やがて瑠華は背筋を撓らせ、ピュッ、ピュッ、と少量の蜜を帝の前で吐いてみせた。それはまさしく、射精だった。

「い、嫌あっ、嫌、ああんんぅっ！」

女の声で泣きながら、男の精を飛ばす今の瑠華は、異形だった。この上なく美しい、異形だ。男のような性臭はなく、少女の初々しさを残した瑠華の絶頂は、帝の心を虜《とりこ》にしたようだった。

「面白い」

「お気に召されましたか」

ひどく冷静な帝と星華のやりとりが、瑠華の耳に冷たく響いた。

「星華、搾ってやれ」

「は」

帝の命を受け、星華は瑠華の雄蘂に口をつけた。瑠華のそこは射精したあとも、未練がましくヒクつき、トロトロと熱い残滓《ざんし》を漏らしている。

「あ……ふ、ああぁっ……」

両膝を持ち上げられ、再び瑠華の中に帝のものが入れられる。ぬぷりと突き刺されるそれの感触さえ、ただ気持ちよくて瑠華は抵抗も忘れた。

「ふぁ、ぁぁんっ……」

「いい声で啼く。さすがは瑠璃族の姫だ」

「あっ……」

帝の睦言《むつごと》に、瑠華はにわかに正気を取り戻す。

瑠璃族の声は、龍を惑わし地に堕とすのだ。その伝承は瑠華を縛った。

(わたしが、浩宇を破滅させたら……)

そもそも浩宇はそれを警戒し、瑠璃族を殲滅《せんめつ》しようとしていた。なのに浩宇がこうして瑠華を寵姫にするのは、矛盾している。

その矛盾が、瑠華には怖い。それは冷徹な『帝』の、唯一の弱点であるかのように思えたからだ。

「い、嫌、っ……だ、めぇえっ……!」

「どうした、急に」

快楽を振り払い、急に暴れ始めた瑠華を帝はたしなめる。

「お、お願、い……もぅ、許し、てぇっ……!」

泣き濡れた顔で瑠華は、再び帝に許しを乞う。殺さなければいけない。なのに破滅させたくない。どうしようもない、矛盾だ。瑠華は泣くしかない。

そういう瑠華の悲しみを、帝はまるで斟酌《しんしゃく》しなかった。神に等しい彼に、人の心はわからない。

「もっと素直にさせてやろう。ほら、星華」

「あうぅっ！」

　蜜壺を突かれながら陽根を弄られ、瑠華の抵抗は強制的に終わらせられた。

前も、後ろも、犯されている。雌孔には帝のものを呑みこまされ、後孔には帝のものを模した玩具が入れられている。陽根に変えられてしまった陰核は、自分と同じ顔をした星華にねぶられている。

「きゃあぅうっ！」

　ひときわ甲高く、瑠華が啼く。濡れそぼつ媚肉を帝に突き回されながら、星華に陽根を吸われた時だ。

「あ、ぁあっ、嫌、だ、ぁっ……裏、側、から、あぁっ……！」

　陽根の生えているちょうどその裏側に、帝のものが当たるのだ。太い亀頭でそこを突き上げられ、押し出されるように蜜液を吐く、絶頂が連続した。

「ひ、ンン……ッ！」

　大きな乳房は、再び触手によって搾られた。さっき拡げられた乳頭の孔から、白い乳汁がまたあふれ出す。

まさに乳を搾る要領で、触手は瑠華の大きな乳房に巻き付いてしごく。極細の触手は瑠華の乳首を犯し、さらに濃い乳を噴き出させた。

「あ、あ、ぁ――――！」

星華が瑠華の陽根をさらに強く吸った。亀頭を吸われ、あるかなきかの裏筋をコリコリと指先で弄られ、瑠華の下腹が煮えたぎる。その下腹に秘められた瑠華の女の部分には、太く長い帝の雄蘂が収められている。

ぢゅぷっ、ぢゅくっ、と卑猥な音をたて、瑠華はすべてを犯された。無意識に淫楽を求めて帝のものに瑠華の蜜襞が絡みつくと、呼応するように後孔もきゅんと収斂し、帝のものを模した玩具を締めつけた。

「ひぁぁぁ――――――！」

瑠華は四箇所で、同時に絶頂した。触手に搾られている乳房。星華に舐られている陽根。玩具で犯されている後孔。そして、最後に瑠華にとどめを刺し堕としたのは、帝が瑠華の胎内に放った白濁液だった。

「あーッ！　あぁぁーっ！」

瑠華の絶頂はしばらく続いた。自らも乳房と陽根から白いものを撒き散らし、後孔の窄まりをヒクつかせ、帝に犯されている媚肉をさらに濡らし、帝を悦ばせながらの絶頂だっ

た。瑠華は望まずに、寵姫としての役割を完璧に果たした。

帝が、白濁液を飛ばしながらぷるぷると揺れる陽根を戯れに指で弾く。

「ひぁぁんっ！」

「俺のものより気持ちがいいか。許さぬぞ」

「いやっ、違、あぁぁっ！」

嫉妬したかのように、帝の責めが激しさを増す。瑠華の窄まりを犯す玩具を、自らの手で出し入れさせる。

「やあああっ！　後ろ、ぉっ……！」

「後で俺のものを入れる孔だ。ちゃんと慣れておけ」

瑠華は知っている。実際の浩宇のものは、体の中でもっと大きくなる。大きく、太く反り返り、瑠華の狭隘《きょうあい》な孔をすべて犯すのだ。そうされている自分を想像し、瑠華はまた悲しく達した。

「もっと吸え。飲んでやれ」

帝に言われた通り、星華は口腔《こうこう》と舌を使い、瑠華の陽根を吸う。

「後で俺も飲む」

星華もさすがに、困惑を浮かべた。

「それこそ、干からびましょうぞ」

「ひぃぃぃぃうっ！」

（嫌っ……吸われ、て……飲まれ、ちゃってる……っ）

浩宇以外の男に、もとは陰核だった陽根を吸われ、蜜液を飲まれる。せめてもの救いは、星華が男には見えない点であったが、それでも恥辱は変わらない。

（浩宇……）

もはや意思の疎通は図れない。

瑠華はくたりと身を投げ出した。

（私……どうなってしまうの……）

瑠華は目を閉じ、そのまま意識を失った。

3　唇が嘘をつく

目覚めると瑠華は、後宮の自室に戻されていた。まばゆい朝日が、螺鈿細工《らでんざいく》の施された格子から差しこむ。

(浩宇……?)

人の気配を感じて、瑠華は寝返りをうった。

幸せな夢を見ていた。浩宇や仲間たちと、旅をしていた頃の夢だ。

だけどそれは過去のことで、今、瑠華がいるのは後宮なのだと空気に含まれた香の匂いが伝えてくる。

気配を発していた人は、浩宇ではなかった。

星華がいた。肘掛けにもたれ、外を見ているその横顔には、どこか気品が漂っている。

顔貌は確かに自分とそっくりだが、瑠華は星華のほうが美しいのではないかと感じた。

重く感じる上体を、瑠華は起こした。幸いにして体は清められ、着衣も整えられている。

気を失っている間に、女官がやったのだろう。相手が女官とはいえ、浩宇に陵辱された姿を他人に見られるのは、瑠華には屈辱だった。

「なぜあなたが、後宮にいるの」

瑠華は星華に尋ねた。星華はゆっくりと床に膝をつき、瑠華に向かって叩頭《こうとう》した。

「陛下のお許しをいただきました」

「わたしは許してないわ」

ここでは帝が絶対権力者なのだとしても、瑠華はそれを受け入れてはいない。瑠華にとっては、龍種の民こそが異民族だし、帝は異民族の王だ。

しかし、瑠華と同じように龍王朝に滅ぼされたはずの星華は違うようだった。

「拙は、いざとなればあなた様の影武者になることを陛下より下命されている。このように女の格好をしていれば、後宮にいても問題はない」

そう答えた星華は、美しく着飾っていた。結い上げられた髪で、しゃら、と銀細工の簪《かんざし》が鳴る。寵姫らしく装った星華は、着飾ることを好まない瑠華よりよほど寵姫らしく見えた。

瑠華はつい、星華に八つ当たりをした。

「あなたが、寵姫をやればいい」

それは瑠華の、まがうことなき本音だった。『彼』のほうが自分より適性がある。

「あなたのほうが、美しいわ」

続けて瑠華が言うと、星華は驚いたように目を見開いた。あまり表情がなかった星華が驚いてみせたことに、瑠華のほうが驚く。

「何を驚いているの」

「……いえ。別に」

瑠華に問われると、星華はさっと目をそらす。怒っているようではなかった。むしろ、彼は照れているようだった。

「陛下以外の他民族に、美しいと言われたのは初めてのことでしたので」

(ああ、そうか……)

瑠華は合点した。彼もまた、瑠璃族と同じく差別と迫害を受けてきたはずだ、と。

瑠璃族の女は、地下市場では高値で売買される。他民族から見れば、瑠璃色の瞳や染み一つない白い肌は珍しいからだろう。

地下市場で売られるのは瑠璃族だけではない。星詠みの一族も、同じ受難に遭っていたはずだ。

そっくりな顔をしていても、瞳の色が違うだけで値は下がる。そういう現実に、星華が打ちのめされなかったはずはないと瑠華は察した。

瑠華や星華を美しいという浩宇の気持ちが、瑠華には本当に理解できなかった。美しいから何なのだ、という捨て鉢な気持ちだった。

「知らないし、わからないわ。浩宇……帝の考えていることなんて」

うつむいて告げると、しおらしかった星華が昂然《こうぜん》と顔を上げた。

「あなた様は何もご存じない。知ろうともなさらない」

「何を……」

何を言うのかと、瑠華は気色ばむ。星華は引かない。

「今、龍王朝は国難に瀕《ひん》している。李弓をはじめとする宦官どもの専横に宮廷は食い荒らされ、蛮族どもの侵攻も止《や》まない。内憂外患とはまさにこのこと」

「そんなことくらい、知っている！」

瑠華は星華に、枕を投げつけた。

「わたしだってその『蛮族』の一人よ！　あなただってそうじゃない！」

反撃されるだろうという瑠華の予測は外れた。星華は、再び叩頭した。

「衷心より、伏してお願い奉る。どうか、陛下をお慰め下さいませ」

「あなたは本当に、帝が好きなのね」

本当は自分だって、という気持ちが、瑠華をすさませる。

本当は自分だって、浩宇の力になりたい。けれど、できないのだ、と。

星華は淡々と続けた。

「好悪の感情はございませぬ。拙は、帝の臣下でございます。死ねと帝が仰せになれば死ぬ、生きろと仰せになれば生きる。陛下の、傀儡にございます」

「なぜ、そこまで……」

行きすぎた忠誠に、瑠華はぞっとした。星華は、揺らぎのない視線を瑠華にぶつけてきた。

「星詠みを滅ぼしたのは龍王朝でありながら、龍王朝ではなき者。宦官どもにございます。拙一人が生き残った。帝のつるぎに救われました」

「…………！」

それを聞いて、瑠華は堪らなく申し訳ない気持ちになった。龍王朝は帝一人のものではないし、龍王朝に滅ぼされた異民族も、自分たちだけではないのだ、と。

（浩宇は、結果的にはわたしたちの一族も、滅ぼさないでいてくれている）

瑠華はそのことがずっと気になっていた。いくら瑠華一人が人身御供《ひとみごくう》のように帝こと浩宇に身を捧げても、帝が本気になれば瑠華を性奴隷にしたまま瑠璃族を滅ぼすくらい、容易い。むしろそうしてしまったほうが、後顧の憂いも払拭できるはずだ。

その疑念を裏付けるように、星華が説明した。

「帝は高貴のお生まれであるとともに、人ではございませぬ。お気持ちをお言葉にされることをあまり得手とされておられませせぬ」

「それは……」

確かに昔から、浩宇は言葉数が少なく、感情表現が少なかったことを瑠華は思い出す。

「奸臣《かんしん》どもの悪行は、度を超しております。我が一族の子らも多数拐《かどわ》かされ、生き肝を抜かれ、生きて虜囚となれば慰み者にされる。龍貴帝はそれをお止め下さった。……汲《く》んでは、下さらぬか」

「…………」

星華の懇願に、瑠華は答えない。答えられないのだ。

星華の語る苦難は、瑠華たち瑠璃族も味わっている苦難だ。

返事はせずとも、星華の進言は瑠華の心に針のように刺さった。

夜が更けていく。浩宇は三日三晩、瑠華のもとへ訪れなかった。

瑠華は、天空へと続く窓から紅い月を見ていた。

(不思議ね。浩宇が来ないほうがいいはずなのに)

来なければ来ないで、不安になっている自分がいた。

浩宇に見限られたくないと心のどこかで願っている自分が、確かにいるのだ。

(浩宇の気持ちには、絶対に応えないのに)

矛盾している、と瑠華は自分でも思う。

そして、いつまで浩宇が自分を愛してくれるのか、と考えていることを自覚して、絶望的な気持ちになる。

そういう瑠華の不安を拭うように、今宵、浩宇は瑠華の寝所にやってきた。

「疲れは癒えたか」

そういう浩宇のほうが疲れているように瑠華には見えた。が、口には出さない。

寝台に腰掛ける瑠華の隣に、浩宇が——帝が座る。一瞬だけ、瑠華の体に緊張が走る。

寵愛を受ける時、瑠華は帝の閨に連れて行かれるのが常だったが、今はこうして自室で休むことを許されている。それはおそらく、帝なりの優しさなのだろうが、それでも近寄られれば瑠華は緊張する。

「少し無茶をしたな」

瑠華の頬に、帝の指がそっと触れた。

荒淫のあとでも、瑠華の体に傷はない。さすがと言うべきか、と瑠華は思うと同時に、やはり屈辱でもあった。

あれは、『調教』だ。家畜の体に傷はつけないだろうという卑屈な気持ちになってしまう。

格子窓から、夜風が吹きこんだ。

「……あなたを、愛してなんか、いません」

わざと冷ややかな声で、瑠華は嘘をつく。帝が動じた様子はない。

瑠華は、一人でいる間に考え抜いた妥協案を口にした。

「だから、これは……取引、です」

愛していない。愛してなんかいないと、心で念じ続けないと、瑠華は今すぐ、帝の腕に崩れ落ちてしまいそうだった。

「わたしの肉体一つで、瑠璃族が滅亡せずに、済むのなら……」

「暗殺をやめる、と?」

帝が、瑠華の目を覗きこんで尋ねる。瑠華はこくりとうなずいた。

瑠華が葛藤をやめられないのと対照的に、帝には一切の迷いがない。

「俺にとってはどちらでも同じだ。おまえが俺を殺そうとしていることは、最初から知っていた」

「知っていてわたしを寝所に入れるってことは、わたしはよほど、無力だと思われていたのね」

「違う。おまえは強い」

やはり躊躇いなく、帝は言うのだった。

「だが、俺は龍種の帝だ。比べるほうが間違っている」

それが腹立たしいのだとは、瑠華もさすがに言わない。帝が述べているのは、単なる事実だ。

「おまえは、心を隠すのが下手だ」

「わ、悪かったわね……っ」

瑠華は拗《す》ねた。嘘が下手であるという自覚はあるのだ。が、改めて指摘されれば腹が立つ。

が、帝は決して、瑠華を侮っているわけではなさそうだった。

「だから、心地好《ここちよ》い」

「…………？」

意味がわからず、瑠華は目を瞬《まばた》かせる。帝は優しく説明した。鋼色の髪が、軽く揺れた。

「下等な龍種や人間は、浅ましい嘘をつく。だが、おまえにはそれができない」

「それの、どこがいいの？」

「神龍に似ている」

いきなり言われて、瑠華はぎょっとした。

「まさか……」

神龍に似ていると言われれば、さすがに瑠華も畏れを感じる。それくらい、高位の龍種は特別な存在だ。有史以前から中華大陸の覇者であることは、動かしようのない事実だ。この大陸に生きるものならば、骨の髄まで畏怖の感情が刷りこまれてしまっている。だからこそ、異種族が生きにくい側面もあった。

瑠華の艶やかな黒髪を愛でるように撫でながら、帝は言った。帝の髪はやや灰色がかっているが、瑠華の髪は漆黒の闇の色だった。

「先帝もまた、瑠璃族の女に入れあげ、政をおろそかにした」

龍種の、唯一の弱点だと帝は笑ってみせる。およそ弱点を口にする者の姿ではなかった。

「俺も、おまえに溺れ死ぬのかもな」

「そんな……」

瑠華はそれを否定したかった。

龍王朝には滅んで欲しいはずなのに、やはり瑠華の気持ちは矛盾した。

浩宇の優しい指先を感じながら、瑠華は泣きたくなる。

(どうしよう……どうしたら、いいの……)

本当は、浩宇を助けたい。力になりたいのだ。

それが瑠華の真実だ。

目を伏せた瑠華の体を、帝は寝台に押し倒した。

「あ……」

瑠華は思わず、目を伏せた。

口づけが、降ってくる。それを甘く、受け入れてしまう。

(殺せないのなら、受け入れるしか、ない……?)

それは故郷への裏切りだ。

考えるいとまもなく、溺れる夜が始まった。

「う……ぁ……っ」

袍の胸元をはだけられ、乳房があらわにされる。下穿きを身につけることを許されない下肢もまた、太股を開かされ、露出させられた。瑠華の口から、押し殺した声が漏れる。

(まだ、三日しか経《た》っていないのに……)

閉じようとした太股を帝の手で押さえられながら、瑠華はもぞりと腰を動かす。胎内に、疼くような熱を感じた。もはや瑠華の軀はここへ連れて来られた当初とは違ってしまっている。一夜とあけずに、帝に抱かれたかった。

「んぅ……」

深く口づけられて、瑠華は目を閉じた。

(溺れているのは、きっと、わたしのほう)

帝の唇が首筋を伝い降りるのを感じて、瑠華は甘い息を吐く。胸の谷間に顔をうずめられ、突起に触れられて、瑠華は軀の芯を熱くさせた。

「あ、ぁ……」

帝の唇が、舌が、瑠華の全身を這い回る。二の腕の内側が感じることを、瑠華は帝の愛撫で知らしめられた。

「あぅうっ……」

所有の証に刻まれた内股の緋牡丹《ひぼたん》に軽く歯を立てられた後、花弁に口づけられる。そのままそこを愛撫されるのかと瑠華は身を固くしたが、その予想は裏切られた。

「あ……？」

我知らず物足りなげな声が漏れた。帝は再び上体を伸び上がらせ、瑠華の胸に口づける。尖らせた唇で突起を吸われ、刺激に尖った乳嘴《にゅうし》を舌で擽られ、瑠華はぞくぞくと肌を粟立てた。

「あ……や……ん、ぁ……っ」

優しい愛撫は、荒淫に慣れた軀にはもどかしく感じられた。

道具や傀儡を使われるよりも、帝の生身でされるほうが瑠華は好きだった。が、それは同時に瑠華を戸惑わせもした。

「んんっ……！」

胸の尖りを舌先で擽られながら下肢をまさぐられ、瑠華は首を振った。太股の奥に潜りこんだ指先が、小さな雌芯の尖りをこする。乳首にされているのも、触れるか触れないかの浅い愛撫だ。時折中断され、なだめるような口づけをされて、瑠華は一筋の涙をこぼした。

「あ、あぁっ……」

荒淫に慣らされてしまった体に、その愛撫は逆に新鮮だった。もどかしさに身を捩る瑠華を優しくなだめ、帝は行為を続ける。

「ふぁっ……ン……ッ！」

再び太股の奥に竜顔が寄せられた。人差し指と中指で、ぴたりと閉じていた割れ目を開かれる感触に瑠華は震える。

「あぅうっ……！」

自分のそこが、拡げられた刹那、くぱ……と糸を引くのが瑠華にもわかった。恥ずかしさに、頬が熱くなる。

「何度拡げてもきついな、おまえの、ここは」

「ひ、ぃっ……！」

言いながら帝は、瑠華のそこに舌を差し入れた。帝自身のものよりずっと小さいが、熱く柔らかく濡れた舌の感触は、瑠華を身悶えさせるのにじゅうぶんな刺激だった。

「あ、ァ、いや、ぁあっ……」

ぬるぬると柔らかな舌で蜜肉を嬲られて、瑠華は足をばたつかせる。太く硬いもので抉られるより、瑠華は羞恥を感じた。

「こら、暴れるな」

責めるふうでもない口調でそう告げて、帝は瑠華の片足を深く折り曲げさせ、膝裏を押さえた。瑠華は健気《けなげ》に口元を押さえ、喘ぎ声を殺そうとした。

「い、嫌ッ、それ、や、ぁあっ……」

ぬちぬちと、尖らされた舌が瑠華の蜜孔で出し入れされる。そんなことをされなくても、瑠華のそこはすでに帝の形に馴染んでいる。いっそ前戯などないまま貫かれるほうが、瑠華には楽だった。痛みのほうが、マシだった。

「んぁっ、うぅっ……！」

男にしては繊細な指で陰核の包皮を押し上げられ、薄皮に守られていた部分が剝き出しにされる。そこをつまれながら花芯に指を入れられるのは、堪らなかった。瑠華は口元から手を離し、敷布を握りしめた。

「あぁー……ッ！」

しとどに濡れた蜜肉の中を指で弄られて、声が出る。すでに数え切れないほど帝の雄蘂で可愛がられている内壁は、刺激に素直に反応してしまう。帝は、自身の硬いもので触れて知っている瑠華の啼き所を、巧みに指で探り当てた。

「ひっ、やっ、あぁっんっ……！」

指の腹で小刻みに肉襞を弄られて、瑠華のそこはさらに濃い蜜を噴いた。ぷちゅ、くちゅ、と熟れた果実を潰すような、卑猥な音がした。

「ひぁっ、ひ、ぃぃッ……！」

びくんっ、びくんっ、と二度背筋を弓なりに撓らせて、瑠華は達した。指はまだ、瑠華の蜜肉を弄っている。

「やあっ……も、ぅ……や、あぁぅっ！」

中指の腹でコリコリと中をこすられながら、外部の淫芽に口づけられ、すぐに新しい欲情が瑠華の胎内に湧き起きる。蜜肉の中を弄られながらチュッと強く雌芯を吸われ、瑠華は連続して絶頂した。

「あ、はぁぁっ……！」

帝は瑠華のそこを目一杯拡げさせ、中の具合を確かめた。あふれ出す蜜液は、瑠華の尻の割れ目を伝い、敷布までしっとりと濡らしていた。

（いやっ……中、見ないで……っ）

瑠華は、軀の奥にまで帝の視線を感じた。帝に——浩宇に見られていると考えるだけで、瑠華の女の部分はいやらしく蠢いた。それは帝を夢中にさせた、瑠華が無意識にしてしまう秘められた特技になってしまっていた。

帝の軀が瑠華に重ねられた。両膝を折り曲げられ、瑠華の花弁に帝のものが押し当てられる。

「きゃぁうっ！」

濡れすぎているせいで、帝のものはぬるりと瑠華の花弁で滑った。舌とも指とも違う、熱く硬い亀頭で柔らかな部分をこすられて、瑠華は懊悩を隠せない。思わずあげたその悲鳴もまた、帝の歓心をそそった。

「いい声だ」

「やっ、嫌ぁっ……！」

「ここも、こちらも、全部しこらせて……いやらしい、瑠華」

「ち、違っ、違い、ま、やっ、だめ、ぇえっ……！」

反り返った亀頭のくびれで、雌芯の尖りをこすられて、瑠華の花弁はヒクつきながらピュッと新しい蜜を飛ばす。

「全身で子種をねだっているようだぞ。その口でちゃんと言ってみろ」

「やあぁっ……！　や、な、のぉっ……！」

もはや理性は完全に瓦解し、瑠華の声は恋人に甘えるそれだった。

「んふ、ぅうっ……」

言葉でねだる代わりに、瑠華は自ら帝の頬に手を添え、不器用な口づけをした。強いられない限りは絶対に瑠華がしない口づけを、帝はゆっくりと味わった。

「ン……ん……っ」

舌が、口腔で絡みあう。逃げる瑠華の舌を帝が絡め取る。

「うぁっ、んっ……！」

今度は滑らぬよう、帝は自身の切っ先でしっかりと瑠華を捕らえた。

「おまえは、狡《ずる》い」

「ふぁっ、あぁぁっ……！」

ずぐちゅ、と媚肉を割って入ってくる感触に、瑠華は帝の背中に爪を立て、啼いた。

「口づけ一つで俺を惑わす」

「あンッ！　う、ぁぁっ、ん……！」

帝の言葉は瑠華の耳には届かない。散々焦らされ、やっと入れてもらえた太いものに、瑠華の躯は夢中だった。

「はぁっ……あぁっ……ん……っ」

無意識に、瑠華は自らの足を帝の胴に絡めていた。すんなりとした白い足が、逞しい筋肉に覆われた男の胴にしがみつく様は、ひどく淫らだった。請われるまま、帝が腰を進める。

「可愛い……瑠華」

ずぐりと根元まで挿れられて、瑠華は短く啼いた。蜜肉は随喜に打ち震え、帝の肉杭にねっとりと絡みついている。

「あーッ！」

「い、嫌っ……やだ、あぁっ……」

己の肉体の淫らさを呪うように、瑠華は泣いた。それも束の間、すぐにまた自ら腰を蠢かす。その繰り返しだった。

「あぅっ、んっ、あぁっあ……ンッ……！」

はぁはぁと荒い息が閨に響く。蜜肉が掻き混ぜられる音と息が混じる。

まるで普通の恋人同士のようなまぐわいに、瑠華は陶然となっていた。気持ちが良かった。今は、帝を怖れずに済んだ。

「んんっ……はぁあっ……！」

口づけられながら、胎内に熱い子種を注がれるのを、瑠華は身体中で悦んだ。帝を惑わす、傾城と呼ばれた瑠璃族の、それが本性なのかもしれなかった。

(好き……浩宇……好き……っ)

口には出せない想いを心で念じると、快感が深くなった。帝の後頭部に手をやり、自ら口づけてくる瑠華に、帝も溺れていた。

「孕め、瑠華」

「やっ、ら、めぇぇっ……！」

抜かぬまま肉杭を大きくされ、さらに熱いものを注がれて、瑠華は随喜の涙を飛び散らせる。

龍種の繁殖力は、瑠璃族の比ではない。瑠華の小さな子壺は、今や帝から下賜された白いものでいっぱいだった。

「溢れ、ちゃう……っ」

結合部分から溢れてくるそれの感触に、瑠華は、ぶるっ……と総身を震わせた。

「蓋をしてやろう」

「きゃ、んっ……！」

さらに深く膝を曲げられ、斜めにされた軀に、ぶぢゅっ、と深く帝のものが突き入れられる。

（どうしよう……孕んで、しまう……浩宇の、赤ちゃん……）

孕まないための秘薬は、もう尽きた。暗殺の計画を知られてしまっては、今後密偵と会うのは不可能だから薬は手に入らない。このままでは本当に、帝の子を孕んでしまう。なのに瑠華のそこは、悦びに震えている。

思えば、これほどまでに帝の寵愛を受けた瑠璃族の女たちの中に、帝の子を産んだ者はいなかったことを瑠華はうっすらと思い出す。おそらくは生まれる前に殺されたか、生まれた後に母親ごと殺されたのだろう。

(わたしたちは、幸せにはなれない)

そう思うのに、瑠華は、刹那の快楽に溺れるのを止められない。帝はそれを刹那だとは思っていないのだろう。彼は自身で切り拓《ひら》く未来を疑わない。

「あ……は、ぁ……っ」

長い寵愛が終わり、瑠華の中から帝のものがずるりと引き抜かれた。瑠華は四肢を投げ出し、寝台の上で震えた。絶頂の余韻が、瑠華にそうさせた。

「おまえは良い子を産むだろう。龍王朝の、継嗣《やや》だ」

瑠華の下腹を撫でながら、帝が囁く。愛する女の胎内に徹底的に種付けをして、彼は満足しているようだった。

瑠華は言葉に詰まり、目をそらす。そうであれば、どんなにいいかと思う。

(浩宇と初めて出会った時みたいに、わたしたちが、ただの旅人だったなら……)

子をなすことだって、できたはずだ。目を閉じればすぐに、瑠華は旅路の景色を脳裏に浮かべられる。

（ここではない、どこか遠く）

誰も知らない場所に、瑠華は浩宇とともに逃げたかった。国も故郷も何も背負わずに、ただ二人だけで生きられたら、どんなにいいだろう。

（そんなのは、叶わない夢）

瑠華の思いに気づくこともなく、帝が着衣を整え始める。このあと湯浴みに連れて行かれるのだろうと察して、瑠華も軽く身なりを整えた。

「あ……っ」

寝台から立ち上がると、胎内に放たれた帝のものが、瑠華の太股に流れ落ちた。その感触が厭《いと》わしく、瑠華は思わずその場にへたりこんでしまう。

浩宇が振り返り、瑠華を支えようと手を伸ばす。その優しさは、いたぶられるよりも瑠華の心に刺さった。

「浩……」

彼の手を取り、その名を呼ぼうとした時、異変は起きた。寝所の扉が、外から蹴破られたのだ。

「な……っ⁉」

反射的に瑠華は、武器をたぐり寄せる仕草をした。戦乙女だった頃の習性だが、もちろんここに瑠華が使える武器はない。瑠華の手は虚しく宙を掻いた。

それより早く、帝は剣の柄に手をかけていた。柄の部分に宝石の鏤《ちりば》められた華美な宝剣だが、よく研がれ、磨きこまれている。華美だが、切れ味は見るだけで想像がつく。

踏みこんできたのは、剣を構えた衛士たちだった。瑠華も彼らの顔には見覚えがある。

衛士長が、剣を浩宇に向けて言った。

「龍貴帝。御身柄、お預けいただく」

「あなたたち、何を……！」

帝の背後に庇われたまま、瑠華は顔色を変える。後宮に出入りできる男は帝だけのはずだし、帯刀できるのも帝だけのはずだ。

衛士長の背後に、李弓がいるのに瑠華は気づいた。瑠華はそれで状況を察したが、帝は淡々と瑠華の質問に答えた。

「見ればわかるだろう。謀反だ」

「それこそ見ればわかるわ！　そういうことじゃなくって……！」

「ああ、お労しや」

李弓の、仰々しい声が響いた。李弓は衛士たちに守られながら、帝に向かって奏上した。

男のものとも、女のものとも知れぬぬるりとした指が、帝とともにある瑠華を指し示す。

「それは、瑠璃族でございます。いくら美しくとも、禍々《まがまが》しく呪われた血の女」

「……！」

不意に投げつけられた言葉の矢は、瑠華の心を抉った。そんなことは、改めて言われなくても瑠華自身がよく知っているのに、李弓は執拗にそれを言った。

「卑しい瑠璃族の肉体に耽溺《たんでき》する、あわれな龍貴帝よ。あなたもまた、この銀鱗宮を地に堕とすのでありましょう」

帝としての浩宇の治世が、どのようなものであるかは瑠華にはわからない。浩宇が龍貴帝として即位するのと同時に瑠華は後宮に囚われているのだから、知る由もなかった。が、少なくとも李弓たち宦官にとっては、浩宇の存在は不都合なのだろう。

（それは、浩宇のせいなの？　それとも、わたしのせいなの……⁉）

李弓はなおも自身の主を責め立てた。

「帝は朝儀をおろそかにされた」

「一度、寝過ごしたことはあったな」

浩宇はしれっと答えるが、李弓は追及の手をゆるめない。

「それだけ瑠璃族の女に、溺れられた」

「あ……」

確かに、浩宇が一度朝儀に遅れたのは、自分のせいかもしれない。そう思えば瑠華の心は崩れそうになる。瑠璃族の女は龍王朝を滅ぼす、という伝承が、真実であるように思えてくる。

浩宇はそれを、一笑に付した。

「たかが一度寝過ごした程度で滅ぶ国なら、どのみち滅びるだろうよ。政を恣《ほしいまま》にしたい宦官の詭弁《きべん》だ」

言い捨てて浩宇は、剣を構える。

「寝台の下へ隠れていろ」

瑠華にそう告げて、浩宇は衛士たちと斬り結んだ。衛士と宦官たちの怒声が響く。剣の交わる音が喧《やかま》しい。血しぶきが、天井にまで届く。首を切り落としたのだろう。

「数が多いな。きりがない」

帝の呟きが聞こえた。次の瞬間、瑠華は寝台の下から引っ張り出され、空中に投げ出されていた。

「きゃ……!?」

何が起きたのか、咄嗟にはわからなかった。メリメリと音をたてて、壁が、天井が破れていく。鈍色に光る鱗が、瑠華の手に触れた。巨大な鱗だった。

(龍に、変化したの……!?)

鋼色の鱗が、夜光を受けて煌めく。

瑠華が今まで見た中で、一番美しい巨龍だった。中華大陸に唯一の存在、神龍だ。軀が震えるような畏怖を、瑠華は感じた。憎むべき仇敵《きゅうてき》であるはずなのに、彼はあまりにも美しく、神々しかった。

巨龍に変化した帝は、瑠華を背に乗せて窓を壁ごと突き破り、雲海に飛び出した。空を泳ぐ魚たちが、覇者の出現に恐れおののき、鱗を散らせて逃げ惑う。振り落とされないように瑠華は、しっかりとその背中にしがみついた。

(浩宇は本当に、龍なんだ)

瑠華は浩宇こと龍貴帝が、龍に変化した姿を見たことがなかった。

龍種の正体が龍であることは、誰だって知っている。だが、変化できる龍種は少ない。ましてやこれほど見事な巨龍に変われる者は、龍貴帝以外にいないだろう。

冷たい鱗に頬を押しつけ、瑠華はぎゅっと目をつぶる。

雲の狭間《はざま》から差しこむ星明かりが、鱗に反射する。

(なんて、美しい――――)

禍々しいほどの美しさに、瑠華は身震いが止まらない。黒と銀の入り交じる鱗は、浩宇の髪の色に似ていた。

天空に浮かぶ銀鱗宮が、みるみる遠ざかっていく。あれほど願った後宮からの脱出は、意外にも帝自身の手で叶えられた。

（これを脱出と言っていいのか、わからないけれど）

何にせよ、後宮から出ることはできた。

瑠華は、数ヵ月ぶりに吸う外の空気を思い切り味わった。冷たく、肺に突き刺さるような風でも、それは確かに外の空気だ。

帝の化身たる巨龍は、ひたすら東に向かって飛んだ。

その先に何が待ち受けるのか、瑠華には見当もつかなかった。


浩宇が変化した巨龍は、瑠華を背に乗せ、千里を一日足らずで駆けた。背中に乗せられた瑠華が息を吸うのも苦しくなるほどの速さで飛行して、辿り着いたのは巨岩の並ぶ岩山だった。

（ここは……）

浩宇の背中から下ろされて、瑠華は辺りを見渡した。砂埃《すなぼこり》の混じった、赤土の匂い。乾燥した熱い風。砂漠が近いのだ。灌木がわずかな緑を残しているくらいで、あとは砂と石しかない。

尖った岩山の形に、瑠華は確かに見覚えがあった。

初めて瑠華が浩宇とともに、妖魔を退治した場所だった。

「ここは、雲東省《うんとうしょう》の山中よね？」

「ああ」

浩宇が短く答え、変化を解いた。どういうからくりなのか、変化する前に身につけていた袍を身につけている。剣は、龍の姿でも爪に引っかけてきていた。浩宇は手早く身なりを整え、腰に剣を差した。

龍から人へ戻った浩宇は、外でこうして見てみれば、昔の浩宇と何も変わらないように瑠華の目には映った。

懐かしさで、瑠華の胸は痛くなる。

（だけど、ここは）

瑠華はそっと、岩山の下方へ目をやった。狐《きつね》の巣を大きくしたような岩窟が、いくつもあった。

瑠華はこの岩窟に、誰が潜んでいるのか知っている。瑠璃族ではない。最大多数を誇りながら、龍種に支配されている人間たちだ。

「おい、龍だ！　龍が来たぞ！」

龍に変化した浩宇を見つけた男が血相を変えて、岩窟の中へ飛びこむ。浩宇はすでに人の姿に戻っているが、ここへ舞い降りた時に姿を見られたのだろう。

この砦《とりで》を隠れ家にしているのは、かつて瑠華たちとともに魔物退治をした盗賊『赤猫』だ。

砦として使われている地下壕《ちかごう》から、続々と盗賊たちが現れ始める。瑠華は逃げるでもなく、複雑な心境でそれを待った。

幸か不幸か、瑠華の見知った顔はその中にはなかった。

顔に傷のある男が叫んだ。

「さっきの龍はどこへ行った⁉　あんなでかい龍、見たことがねえ！」

（知らない顔……新参だわ。赤英はいない……？）

その時瑠華の脳裏に浮かんでいたのは、赤英の顔だった。瑠璃族の隠れ里で別れて以来、瑠華は赤英の消息を知らない。殺されてはいないと信じていたが、無事である保証もなかった。

ここに『彼』こと赤英がいれば、瑠華も浩宇もすぐに顔が割れる。だが、新参の盗賊たちは、浩宇が帝であることにも気づいていない。彼らが浩宇こと龍貴帝の竜顔を拝する機会は、よほどの僥倖《ぎょうこう》に恵まれなければあり得ない。知らなくて当然だった。

(古い仲間たちはどこへ行ったんだろう。みんな、死んでしまったの……?)

戦乱の世ならば、珍しいことではない。あの日、いっしょに龍王朝と戦うことを誓いあった仲間がいないことは、瑠華を悲しませた。

槍や剣を持った盗賊たちが、浩宇と瑠華を取り囲む。

「あれだけでかい龍なら、鱗を剝がして売るだけで一生暮らせるぜ。嬢ちゃん、そいつを渡しな」

「この人は……」

この大陸を治める、龍貴帝だと言いかけて、瑠華は口を閉ざす。仮にそれを告げても、盗賊たちの行動に変化はないだろう。

(盗賊って、どうしてこんなに短絡的なの)

さっきの巨龍の姿を見れば、勝敗は明らかではないかと瑠華は思う。巨龍に変化されれば、生身の人間では勝ち目がない。踏み殺されておしまいだ。

(そんなことも考えられないほど、人間は貧しい)

旅をしたことで、瑠華は瑠璃族以外のことを知った。瑠璃族も貧しかったが、人間たちはもっと貧しかった。

ただし、赤英だけは違った。豪族の出身でありながら盗賊たちを束ね、人里を襲う妖怪を退治することに寄与した。赤英がまだ故郷に帰っておらず、ここにいるのなら、話は早いと瑠華は考えた。

「赤英は、どこへ行ったの」

「ここにいるぞ、瑠華」

瑠華の問いかけに、洞窟の中から返事があった。薄暗い洞の中から、焔のような赤い髪が覗いた。懐かしい赤英の姿だった。

「赤英！　無事でよかった……！」

赤英は瑠華を一瞥《いちべつ》したあと、その赤い瞳で浩宇を睨みつけた。しばし、二人の視線が絡みあう。赤英の様子は、以前よりすさんで見えた。

「裏切り者の浩宇じゃねえか。今さら何しに帰ってきた」

「それは……」

と言いかけたのは瑠華だった。浩宇は何も喋らない。

（朝廷で謀反を起こされてここに来たからには、赤英に助けを求めるんじゃないの？　どうしてそれを言わないの？）

そう思いかけて、瑠華は浩宇の性格から推測する。どう考えても浩宇は、人に頭を下げてものを頼むことはしないだろう。神龍は、生まれながらの帝だ。

（正体を隠して旅をしていた時から、浩宇と赤英はあまり仲がよくなかったし……）

浩宇の正体が龍貴帝で、本当の目的が瑠璃族を滅ぼすことだったと知った時、赤英は怒り狂った。それはいっしょに旅をしてきた仲間たちへの裏切りでもあったからだ。彼らは瑠華にも浩宇にも、全幅の信頼を寄せてくれていた。それを裏切った浩宇の胸中は、いまだに瑠華には理解できない。

（盗賊たちの顔ぶれが変わっているのは、だいぶ殺されたんだわ……龍王朝の、兵士たちに）

案の定赤英は、黙りこくっている浩宇に対して不快感をあらわにした。

「瑠華だけ置いて帰れ。瑠華はまだ、俺たちの仲間だ」

「龍王朝を倒したいのだろう？　俺が貴様らに力を与える」

やっと浩宇が口を開く。それも、ひどく居丈高な口調で。

「……何？」

赤英が、疑《うたぐ》り深《ぶか》そうに目をすがめる。浩宇はまるで構わずに続けた。

「あれは龍王朝であって、龍王朝ではない。身中に虫が多すぎる」

「どういう意味だ」

赤英の質問に、浩宇は答えない。赤い砂を含んだ風が、二人の間に強く吹いた。

「虫どもを駆逐し、真なる龍王朝を樹立する。『真』王朝には貴様らを迎え入れることを約束してやる。仕官しろ」

「なんだって……!?」

ざわめいたのは赤英ではなく、周囲を囲んでいた盗賊たちだった。

ただの人間が天空の銀鱗宮に仕官できることなど、通常はあり得ない。仙人にでもならない限り、不可能とされていた。

帝は本気の様子だが、赤英は慎重だった。

「そりゃあ大した好待遇だが、俺たち人間は空は飛べねえ。仕官したところで、どうやって天に浮かぶ銀鱗宮に出仕するんだよ」

「飛龍を与える。僕《しもべ》とせよ」

マジかよ、と盗賊たちがさらに色めき立つ。龍の眷属《けんぞく》である飛龍を下僕にできるのなら、それを用いて商いをし、巨万の富を得ることだって可能だ。

ははあ、と赤英が意地の悪い笑みを浮かべた。

「おまえ、さては謀反を起こされたな？」

「そうだ」

「ははっ。それにしちゃ堂々としてやがる。供もなく、たった一人で逃げ出してきやがったくせに」

「一人ではない。瑠華がいる」

堂々と、浩宇は断言した。

「瑠華さえいればいい」

赤英がはっとしたように目を見開く。瑠華は気まずくて、うつむいた。

（浩宇には、裏切られたのに。あんなにひどいことも、されたのに……）

そんなふうに言われて、うれしいと感じてしまう自分のことが瑠華は嫌だった。

赤英は毒気を抜かれたように、剣の柄にかけていた手を下ろした。

「……けっ。のろけかよ。いいぜ。つきあってやる。ただし、仕官だけじゃねえ。領地と領民も俺に寄越せ」

「地上にあるものならばなんでもくれてやる」

赤英は竹を割ったような性格の男だった。豪族の長になるべく育てられた彼は、仲間たちに富を与えることを選ぶ。そのためならば、過去の遺恨にはこだわらないだろうと浩宇は踏んだに違いなかった。

かくして交渉は成立した。

「よし、引き受けた。瑠華、こっちへ来い」

赤英に手招きされて、瑠華は「えっ」と後ずさる。

「なんだよ、俺のそばに来るのは嫌か。おまえの故郷を滅ぼそうとした浩宇よりはマシだろ」

「わ、わたしは……」

瑠華は口ごもり、視線を泳がせる。

「顔か？　優男のほうが好きか。俺のほうが精が強くていい男だろ」

「顔のことなんかどうでもいいわ！　わ、わたし、は……」

瑠華は、今思いついた嘘をついた。

「わたしは、帝の……衛士だから！」

「はあ⁉」

赤英は、大仰なくらい驚いてみせた。

「おまえ、人質に取られてたんじゃなかったのかよ⁉　後宮に囲われて、そいつのガキを産まされるんじゃなかったのか！」

「最初はそうだったけれど……途中から槍の腕前を認められて、衛士になったの！」

胸を張って瑠華は嘘をつき通そうとした。言い放った直後に、「しまった」と後悔したが、もう遅い。

（浩宇が本当のことを言ったら、それですぐにバレる嘘だわ……）

瑠華は青くなった。

（でも……）

瑠華の拳が、固く握られた。

それでも後宮で慰み者にされていたなんて、言いたくなかったのだ。

戦乙女として旅をしていた頃の瑠華は、誇りに満ちていた。仲間たちも瑠華の強さを頼ってくれていた。歌うことしか能が無い瑠璃族だなんて揶揄は、されたくなかった。

瑠華はちらりと浩宇に視線を送った。万が一にも、彼がこの嘘に乗ってくれる可能性なんてないと思っていた。

が、予想に反して浩宇は、無表情のまま肯定した。

「ああ、瑠華は衛士長だ」

（浩宇……！）

瑠華は泣きそうになるのを堪えた。

話をあわせてくれたのは、浩宇の優しさなのか。或いは別の思惑か。

何にせよ今の瑠華にはありがたかった。

つまらなそうなのは、赤英だ。

「そうかよ。じゃ、おまえらの寝所は同じでいいな」

「えっ……」

それは、と瑠華はまた言いよどむ。浩宇と同じ部屋で寝るとはすなわち、浩宇の女であるという認定を受けたも同然だ。

赤英が瑠華の顔を覗きこみ、意地悪そうに笑う。

「なんだよ？　なんか困んのかよ」

「別に……困らないわ！　帝を守るのが衛士の仕事だから！」

多分、赤英は嘘を見抜いている。笑い顔が意地悪だ。

「俺も構わない」

浩宇は瑠華がなぜ怒っているのか、不思議そうだった。

夜が更けていく。瑠華にとっては懐かしい、乾いた岩山の夜だ。

岩窟の根城は地下が蟻の巣のように入り組んだ迷路だった。蟻の巣のような、というより、大きめの蟻の巣そのものだ。

（最初にこの根城に来た時は、住めたものじゃなかったけれど。すごく改良されている。赤英たち、がんばったんだ）

きれいに整えられた岩窟内の小部屋を見渡して、瑠華は彼らの苦労を偲《しの》んだ。瑠華たちが旅路の果てにここへ辿り着いた時は、ここはただの岩窟だった。剝き出しの岩肌の上に、筵《むしろ》を敷いて寝た。雨風がしのげるというだけで、住居としての快適性は皆無だった。百足《むかで》や蜘蛛《くも》もたくさんいた。

それが今や、ちょっとした宿屋のような趣だ。岩肌には吸湿性に優れた布が張られ、随所に通気口も穿《うが》たれている。寝台の上には羽毛の布団が敷かれ、その下にも吸湿のための草が敷き詰められていた。

洞窟の根城でとにかく瑠華たちを弱らせたのは湿気だ。その問題が解決されている。小さな卓上には油を差して使う燭台もあった。

（後宮に比べたら当然質素だけど、わたしにはこれくらいがちょうどいい。住みやすい感

じがする）

瑠華はやっと人心地ついた気がした。

二人分用意された寝台の上に、浩宇が寝そべっている。龍の姿で一昼夜飛行して、さすがに彼も疲れたのだろうと瑠華は察した。

「さっきは、ありがとう」

迷った末に、瑠華は浩宇に礼を述べた。浩宇が不思議そうに聞き返す。

「さっきとは？」

「だから、その……わたしが、衛士だっていうのを……」

嘘だとみんなに言わないでいてくれてありがとう、という意味だと、瑠華は説明した。

やはり浩宇は、不思議そうにしている。

「おまえがそう言うからには、何か理由があるんだろうと思った。それだけだ」

「嘘をついたことを、責めないの？」

「責めなければいけないほどの嘘ではない。それとも、責められたいのか？　瑠華が望むならそうする」

「の、望まないけどっ」

浩宇とのやりとりは、なんだか少しずれている。それは昔から変わらなかった。

「でも……うれしかった。ありがとう。浩宇だって、謀反を起こされて大変なのに」

本当に久しぶりに、瑠華は浩宇の名前を呼んだ。帝ではなく、浩宇と呼んだ瞬間に、愛しさで胸が痛くなった。

(後宮では、浩宇だなんて呼べなかった)

外へ出て、懐かしい岩窟の根城に戻って、やっと息ができた。ただ、名前を呼べるだけでうれしい。それが瑠華には切なかった。

浩宇の表情に変化はない。ただ淡々と、彼は言った。

「反乱を起こされたのは、俺の不徳だ」

「そっ……」

そんなことはない、と言いかけて、瑠華は慌てて口を閉ざす。

(そんなふうに言えるほど、わたしは朝廷の内部に詳しくない)

なのに咄嗟に、そうではないと言いかけたのは、旅をしていた頃の浩宇を知っているせいだった。

(浩宇は、誰よりも強くて優しかった)

無口で、不愛想だけれど、浩宇はさりげなく人や獣を助けた。

浩宇が帝として不適格だとは、瑠華にはとても思えない。

(これだけは確信できる。悪いのは李弓だわ)

李弓の暴虐なら瑠華だって知っていた。浩宇を恨まないと言えば嘘になるが、李弓の片棒を担ぐくらいならまだ浩宇の治世のほうがマシに思えるくらいだった。

それで瑠華の意思は決まった。浩宇が瑠璃族に再び手を出さない限りは、浩宇の味方をしよう、と。

「わたしに、武器をちょうだい」

瑠華は昂然と顔を上げた。その時にはもう、戦乙女の顔に戻っていた。

「できれば槍を。なければ、剣でもなんでもいい」

「俺を殺すのか」

「ちがう」

瑠華は首を振った。

「あなたを……守ります」

「そうか」

一瞬、浩宇の口元が笑ったように見えて、瑠華はなぜだか懸命に否定した。

「か、勘違いしないでね、今あなたが崩御したら、また中華大陸に戦国の時代が訪れるから……!」

その言い訳は、やはり矛盾していると瑠華自身、思った。それは、瑠璃族の利益と必ずしも一致しない。けれど。

(瑠璃族以外の人々のことを考えれば……浩宇が帝位についているのが、一番マシであるはず)

少なくとも李弓たち奸臣に実権を握られたら、また飢饉《ききん》が訪れても不思議ではない。彼らは自分の私腹を肥やすことにしか興味がなかったし、政敵を消すためならば国土や民を焼くことさえ厭わない。

瑠華の脳裏に、ふと星華の顔が浮かんだ。

後宮に残された、星華の行く末が気になった。

(星華は、帝への忠誠心が強かった。謀反が起きれば、真っ先に粛清の対象になる)

決して好ましい相手ではなかったが、自分と同じ顔をした星華に対して、瑠華は複雑な思いを抱いた。彼もまた、迫害された民だった。

(無事でいてくれればいいんだけど)

蟻の巣のような地下壕の天井を見上げても、星は見えない。浩宇が、自分の寝台の空いている部分をぽんぽんと手のひらで叩いて瑠華を呼んだ。

「寝ないのか」

「自分の寝台で寝ます」

ここは後宮ではないのだ。寝台は清潔でじゅうぶん心地好いが、大人が二人、のびのびと眠れるような広さではない。

瑠華の拒絶に、浩宇は不満そうだった。

「夫婦は同じ寝台で寝るんじゃないのか。人間は大体みんなそうしていた」

「ふ、夫婦じゃ、ないからっ」

瑠華は言い放ち、自分の寝台に潜りこんだ。


まばゆい暁光が、東側から岩山を照らした。瑠華は洞窟から這い出して、朝日を全身に浴びる。

深く息を吸い、肺の中を新鮮な空気で満たす。日が昇るにつれ暑くなる岩山でも、早朝は涼しい。

(空気がおいしい)

空気は乾燥して、澄んでいた。後宮では味わえなかった、自由な外の空気だ。

(金糸雀族《かなりあぞく》の姫は、外なんて汚くて暮らせないと言っていたけれど、わたしは姫といっても迫害されてる民族の姫だもの。こういう暮らしのほうが自由で、楽しかった)

王族であることで瑠璃族の同胞たちから敬意は向けられたが、瑠華たちの生活そのものは決して豊かではなかった。だから瑠華は今でも、自分が王族であるという自覚が薄い。

勝手知ったる岩山の根城だ。瑠華は誰よりも早く起きて、水汲《みずく》みに行った。寝ず番の盗賊が、水の入った桶《おけ》を運ぶ瑠華を見てぎょっとした。

「大将にやれって言われたのか」

「大将？　ああ、赤英のこと？　強制されなくても水くらい自分で汲むものでしょう」

瑠華が不思議に思い言い返すと、盗賊のほうがもっと不思議そうな顔をした。

「あんた、お姫様だろう」

「見ればわかると思うけど、わたし、瑠璃族よ。お姫様って言っても、侍女や宦官に傅《かしず》かれていたわけじゃないから」

瑠華がそう言うと、盗賊が気まずそうに、指で頬を掻いた。

「そっかあ。なんか、悪かったな」

「どうしてあなたが謝るの？」

「いや、てっきりあんたは、赤英の旦那に取り入って、女房づらしてえばるんだとばかり思ってたからよ。俺だけじゃなく、みんな」

「なんでそんな誤解が……あり得ないわよ、それだけは」

「ずいぶんな言い草じゃねえか、瑠華」

赤英の声がした。振り向くと、すっかり身支度、戦支度を調えた赤英が後ろに立っていた。

「足音を消すの、相変わらず得意なのね」

瑠華は赤英の接近を許したことを悔しがったが、赤英はまるで気にしない。

「浩宇を見限って、俺を頼って来たのかと思ったらがっかりだぜ」

「赤英のことは、普通に好きよ。立派に戦って、仲間を守ってくれた。でも……」

「あー、全部言わなくていい。言うな」

言いよどむ瑠華の口を、赤英が軽く手で塞ぐ。

「悪くねえなと思っていた女から、聞きたい話じゃねえわ」

「……は？」

赤英の手の下で、瑠華がくぐもった声を出した。いきなりの告白に、瑠華はぎょっとして水の入った桶を落としそうになる。

「……それ、浩宇に言ったら殺されない？」

「殺せねえよ。あいつは今、一兵卒も持たねえただの放蕩者《ほうとうもの》だろ」

「兵がいなくても、龍に変化して踏み潰すことくらいはできるぞ」

今度は浩宇の声がした。赤英に口を押さえられている瑠華の小柄な体を、浩宇が自分のほうへ取り返す。

「おお、早いな、浩宇」

赤英は気さくに挨拶をしながら、嫌味を言うのを忘れなかった。

「もっと寝ていていいんだぜ。なんなら、永遠にでも」

「相変わらず口の減らない」

険悪そのもののようなやりとりでも、彼らが心底いがみ合っていないことは瑠華には伝わってきた。おそらく彼らは、ある一面ではわかりあっている。

（浩宇が裏切らないでいてくれたら、ずっとみんなで旅ができたのに……）

今さらそのことを責めても致し方ないとわかっていても、瑠華にとってあの旅は最高の思い出だった。

瑠華は思い立って赤英に言った。

「弓を貸して、赤英」

「槍じゃなくていいのか？　おい、あれを持ってこい」

赤英が手下に指示をして、洞窟の中から武器を運ばせる。

瑠華が槍の使い手であることを知っている赤英は、すでに槍を用意してくれていた。先端によく研磨された黒曜石がついている、素晴らしい槍だった。

「すごい……！」

手渡されたそれに、瑠華は目を輝かせると、隣で浩宇が嫌な顔をした。

「もっといい槍を下賜してやる。それは捨てろ」

「捨てないわよ！　じゃなくってっ」

ここは宮廷ではないのだと、瑠華は浩宇をたしなめた。

「今は、弓を貸して欲しいの。みんなの朝ご飯を狩ってくるわ」

「ああ、狩りに行くのか。いいぜ、期待してる。おい、野郎ども、朝から肉が食えるぞ！」

赤英の言葉に、盗賊たちがわあっと歓声で応える。

瑠華は慌てて首を振った。

「ちょ、ちょっと、あんまり期待しないでよ、獲れなかったら恥ずかしいでしょ」

「今年は雨が多くて、獣も魔物も繁殖がうまくいって増えている。おまえの腕なら、大猟で間違いなしだ」

「そうなの？」

それを聞いて瑠華は少しほっとした。天空に浮かぶ銀鱗宮では、下界の天気なんかわからなかった。

「じゃあ頑張ってくるわ。火の用意をしておいてね」

「おう、任せとけ」

赤英の応援を背に受けて、瑠華は意気揚々と森へ向かった。


ヒュッと空気を裂く、小気味良い音がした。瑠華の放つ矢が、生い茂る木々の間隙を縫って怪鳥の胸に突き刺さる。怪鳥は奇怪な断末魔をあげ、もんどり打って地に落ちた。

「これで十羽《わ》目、と。どうしよう、獲りすぎちゃった」

一匹も獲れないかもしれないという瑠華の心配は、完全に無用のものだった。赤英の言う通り、森にはたくさんの獣と魔物がいた。瑠華の弓矢の腕前なら、獲り放題だ。

「つい楽しくて獲りすぎちゃったけど、こんなにたくさんは運べないわね。一度根城に戻って、人手を借りてくるわ」

瑠華がそう言うと、同行していた浩宇が首を振った。

「必要ない。俺が運ぶ」

「こんなにたくさん運ぶのは、一人では無理よ」

「龍に変化すれば余裕だ」

「え⁉　そ、それは、そうだけど……」

瑠華は内心、おののいた。龍種の帝に、狩りの獲物を運ばせるなんて不敬は、敵対する民族の瑠華でさえさすがに躊躇う。

（でも、一度根城に戻るのは時間がかかるし、肉の腐敗も進んでしまう。せっかく獲ったのに腐らせたらもったいない）

結局瑠華は、『もったいない』という気持ちに負けた。無表情ながら、浩宇も楽しそうだった。

「帰るのは少し待て。俺も何か獲る」

「浩宇の得意は剣でしょう。狩りには向かないわ。わたしに任せて」

浩宇も、赤英から弓を借りていた。なんだかんだと文句を言いつつも道具は貸してくれるのだから、赤英も人がいい。浩宇がいつも帯刀していた宝剣に比べれば粗末な物だが、狩りにはじゅうぶんだろう。

（浩宇、弓も得意なのかしら？）

浩宇はどうするつもりなのだろうかと見守っていると、彼はおもむろに龍に変化した。

森の木々が、巨龍の羽に押されて軋《きし》む。

「ひゃっ……」

羽ばたきの生み出す風圧に、瑠華は目を閉じる。次に目を開けた時には、龍に変化した浩宇の牙には大トカゲが刺さっていた。

「すごい！　一瞬で、見えなかった」

「すごいだろう」

瑠華に褒められて、浩宇は得意そうだ。そういう浩宇を見ると、旅をしていた頃が思い出され、瑠華はますます切なくなる。


「おお、大猟だな」

龍に変化した浩宇の背中から獲物の数々を降ろすと、赤英たちが感嘆の声をあげる。

「怪鳥か。これが一番、肉が美味《うま》い。さすが瑠華、わかってるじゃねえか」

「ふふ、わたしも好物だから」

瑠華はうれしそうに胸を張った。

「浩宇が大トカゲも獲ってくれたわ。干し肉にしましょう。そうすればしばらく、肉には困らないし、非常食にもなる」

「それはそうだけどよ」

赤英は浩宇の顔を見て、ちょっと嫌な顔をした。

「共食いにならねえのか？　それ」

「トカゲ如きと龍種をいっしょにするな」

浩宇が露骨に嫌な顔をした。表情に乏しい彼には珍しいことだ。

「そうかよ。俺らから見たら、でかいか小さいかの違いしかわかんねえな」

（確かに見た目的には、共食いみたい……）

あえて考えないようにしていたことを赤英に言われてしまい、瑠華も少し心が冷えたが、浩宇が気にしないのなら瑠華が気にする理由もなかった。気を取り直して瑠華は腕をまくった。

「捌《さば》いて料理するわ。調味料、使っていい？」

「ああ。あっちに料理係がいるが、あんまり腕はよくねえんだ。瑠華、料理を教えてやってくれ」

「まかせて」

瑠華は嬉々《きき》として厨房《ちゅうぼう》へ向かい、料理役の盗賊たちとともに肉を捌き、血抜きをし、料理の仕込みをした。

（こんなの、本当に久しぶり）

ここはなんて楽しいのだろうと、瑠華は自然と微笑んだ。

（浩宇に、わたしが作った料理をまた食べて欲しかった）

旅をしていた頃は、瑠華はこうして狩りをして野営で料理した。浩宇はいつも、おいしいと言って食べてくれたのだ。後宮ではとてもできなかったことだ。

もう一度浩宇に手料理を食べさせたいという瑠華の夢は、今、叶いそうだった。

小一時間もかからずに、瑠華は料理をこしらえた。

「できたわ。串焼きとスープにしました」

「おお、うまそう」

平らな岩の上に並べられた料理が、いい匂いを放つ。上座にいる赤英が、酒の杯を掲げた。

「瑠華に乾杯だ。ついでに、浩宇にも」

「ついでは余計だ」

浩宇はいちいち混ぜっ返す。

「この辺りは岩塩も香草も豊富だから、肉さえ獲れれば最高のごちそうが食べられるわね」

砦に女は瑠華一人だが、そんなのは慣れている。武器さえ持たせてもらえれば、瑠華は盗賊には負けない。

瑠華が斬り結んで勝てなかった相手は、浩宇とこの赤英だけだった。

(銀鱗宮の謀反が平定されたら……わたしはまた、後宮に戻されるの?)

皆で楽しく食事しながらも、瑠華はどうしても心の奥底で、それを考えずにはいられなかった。

浩宇は瑠華に執着している。謀反が平定され、銀鱗宮を取り戻したら、瑠華を自由にするとは思えなかった。

(逃げるなら、今が最高の状況だけど……)

瑠華にはどうしても、踏ん切りがつかなかった。

今の浩宇は宮城を追われ、孤独で間違いない。そのことを彼自身が気に病んでいる様子はないが、危機的な立場であることは確かだ。

畢竟《ひっきょう》瑠華は、浩宇が死んだり傷つけられたりすることに耐えられそうになかった。

4　反転攻勢

李弓による謀反が起きて、三ヵ月が過ぎた。その間、瑠華と浩宇は赤英とともに、岩窟の砦で銀鱗宮を奪還する準備を整えた。

「こんな最高の戦は初めてだぜ」

いつの間にか赤英は、それが口癖になっていた。それを言う時、赤英のそばには必ず浩宇がいる。そして、浩宇の隣には瑠華がいた。赤英は浩宇の傍らで、得意げだった。

「なんてったって、こっちには帝がいる」

「信じられねえ。俺たちが、禁軍かよ」

「さしずめ俺は、泥棒将軍だな」

赤英はそう言って、豪快に笑う。部下たちもそんな赤英のそばで、楽しそうだ。銀鱗宮を奪還した暁には、赤英は将軍の地位を、手下たちは官位を与えられることが浩宇から約束されていた。

（確かに、帝である浩宇がこちら側にいる以上、わたしたちは禁軍だわ）

盗賊たちが喜び、浮き足立つのも無理はなかった。名もなき彼らが立身して出世するのに、これほどの好機は二度とないだろう。彼らはこの戦に勝てば、奸臣に追われた帝を助け奉った英雄になれる。

赤英の読み通り、龍旗を掲げた赤英軍のもとへは各地から志願兵が駆けつけた。その数は、三ヵ月で一万人にも膨れ上がった。

瑠華は、膨大な数に膨れ上がった義勇兵たちの編成や世話に追われていた。その間に、赤英や浩宇とともに軍議に参加する。自然の流れで、赤英軍の幹部のような立場になっていた。

焚き火を囲んだ軍議にて、瑠華は指折り数えてみた。

「銀鱗宮の兵はおよそ一万。これで互角、いえ、こちらには帝がいるんだから、それ以上よね」

「それが、そうとも言えねえんだわ」

瑠華の指摘に、赤英が赤い髪を掻きむしった。

「あの城が地上にあるんなら、確かに互角以上に俺らが有利だぜ。けど、銀鱗宮は天空に浮いてやがる」

「浩宇が龍に変化して、みんなを運ぶのではないの？」

瑠華は当然、浩宇がそうするものだと信じていた。が、浩宇はあっさりと否定した。

「駄目だ」

「ほらな」

赤英が、なぜか得意そうに肯定する。次に浩宇が言い放った言葉には、瑠華も反応せずにはいられなかった。

「俺は妻しか乗せない」

「つ、妻じゃないからっ。それに、そんなこと言っている場合なの？　負けたら元も子もないじゃない」

瑠華はそう説得したが、浩宇は聞く耳を持たない。焚き火の灯りが、ゆらゆらと浩宇の頬を照らしている。白皙《はくせき》の美貌は、少しも揺らがなかった。

（頑固なんだから、もう）

自分の城を取り返す戦なんだから、それくらい協力するべきじゃないかと瑠華は思う。それが当然だし、他に有効な戦略がないのなら仕方がない。

が、こうなったら誰にも、浩宇を説得することは不可能だ。なんといっても彼は、不可侵の帝である。

「そりゃ仕方ねえよ、瑠華。帝ってのはそういうもんだ。ましてやこいつは龍貴帝だぜ。本来、誰かを背中に乗せるなんて絶対にあり得ねえ屈辱のはずだ。おまえを乗せるのだって相当特殊だぜ」

赤英のほうが、やけに浩宇の本性に理解があるのがおかしいと瑠華は思った。どうやらこれは、貴種特有の尊厳の問題らしい。野卑な振る舞いをしていても、赤英だって豪族の生まれだ。響くところはあるのだろう。

それでも瑠華はつい、言ってしまう。

「死んだ獣の肉は運んだのに、変なの」

「あれは俺も瑠華の手料理を食べたかったから、いいんだ」

「……っ……」

浩宇に言われて、瑠華は真っ赤になって口をつぐむ。やぶ蛇だった。そんなことを言われたら、反論できない。

妙な空気になったのを、赤英が混ぜっ返す。

「おまえらは変な夫婦だな」

「夫婦じゃないから！」

いくら瑠華が言っても、もはや公然の仲にされてしまっていた。

(だけどこの三ヵ月、わたしたちは、『夫婦』じゃなかった……)

瑠華は暗がりで、そっと浩宇から目をそらす。

銀鱗宮からこの根城へ落ち延びて三ヵ月間、浩宇は瑠華を抱かなかった。

夫婦同然の扱いを受けているのだから、寝室は同じだ。後宮と比べれば個室の隠密性には欠けるが、そんなことを気にする浩宇ではないと瑠華は思う。

それでも浩宇が自分を抱かないのは、なぜなのか。瑠華には理由がわからない。

(もしかしてわたしを、嫌いになった……?)

あんなに嫌だったのに、触れられないと不安になる。

矛盾していると、瑠華自身も思う。

(嫌われている感じはしないけど……)

思えばここへ来てから、浩宇の様子はおかしかった。時折、一人で姿を消すことがあり、瑠華だけでなく赤英や他の仲間たちをも心配させた。

『高貴なお方の考えることなんざ、俺たち人間と違って当たり前さ。気にすんな』

赤英はそう言って瑠華を慰めたが、瑠華にはどうしても、浩宇の行動に理由がないとは思えないのだ。

（浩宇は、何かを隠している……？）

それを浩宇が瑠華に対して、口にすることはないだろう。彼はあまりにも口数が少ない。瑠華が聞いても、「心配するな」と微笑むだけだ。

鬨《とき》の声《こえ》が砂漠に響き渡る。いよいよ天空の城、銀鱗宮に攻めこむ時だった。最終的には一万五千を超えた軍勢に向けて、赤英が告げた。

「まずは敵の輜重《しちょう》部隊に攻めこみ、飛龍を奪う。飛龍を奪わねえ限り、天空に浮かぶ銀鱗宮は攻めようがねえ」

兵士を乗せない、という浩宇の代わりに必要不可欠なのは、飛行できる生き物だ。

赤英軍のいる雲東省から、三日三晩西へ行軍した州都、大済《たいせい》に、輜重部隊が駐留していることを皆に教えたのは浩宇だった。

（そりゃあ浩宇は帝だから、軍のいる場所は知っていて当たり前よね）

帝を守るための兵士たちが、帝によって討伐される。なんだか可哀想《かわいそう》な気が、瑠華にはした。

行軍中、兵たちが口々に言い合った。

「俺、高い所、苦手なんだよなあ」

「だったら兵站《へいたん》に回れ。どうせ全員が乗れるだけの飛龍はいねえんだ」

「でも、出世に関わるだろう。やっぱり一番槍《いちばんやり》のヤツが一番出世するんじゃねえのか」

「わたしは高い所は得意だわ」

瑠華がそう言うと、赤英がひゅうと口笛を吹く。

「そういやおまえ、ここへ来る時も帝の背に乗ってたもんな。龍貴帝の背中を踏みつけた女なんて、おまえだけだぜ」

「すげえ。どんだけかかあ天下だよ」

「踏みつけてはいないでしょ！」

瑠華は怒って否定した。確かに変化した浩宇の背中に乗ったが、反乱を起こした衛士たちに踏みこまれ、脱出する時はそれどころではなかったのだ。

「行くぞ！　全軍前進！」

赤英の胴間声とともに、大地を埋め尽くす大軍が動く。踏みしだかれる大地が、慟哭する。

目指すは西の州都、大済だ。

◆◇◆

「はあっ!」

気合い一声、瑠華の振るう槍が、空気を裂いて唸《うな》った。じゅうぶんな間合いの取れる広い場所での戦闘なら、瑠華は無敵だ。

「活路は拓いたわ! 赤英、浩宇、行って!」

敵兵の返り血を浴びながら、後方にいる二人に瑠華は叫んだ。瑠華の両隣から、浩宇と赤英が躍り出る。

三人で輜重部隊の中央を目指し、走りながら浩宇が言った。

「赤英の名を先に呼ぶな。俺の名を先に呼べ。不敬は赦《ゆる》すがこれは赦さない」

「今そんなこと言ってる場合じゃないでしょ⁉ 早く行って!」

「瑠華、おまえも来い! つゆ払いはもうじゅうぶんだぜ!」

赤英の言った通り、乱戦は落ち着きを見せていた。輜重部隊の門の前は、圧倒的に赤英軍の兵士が多くなっている。

(本来なら帝や総大将は前戦に出るものじゃないけど、とにかく一番最初に飛龍を奪い、銀鱗宮に行ってもらわないと、雑兵だけじゃ勝てない)

銀鱗宮を守る衛士たちは精鋭揃いだ。雑兵をいくら送り込んでも、やられてしまうだろう。指揮を執る赤英と、いざとなれば巨龍に変化して城ごと墜とすこともできる大量破壊兵器たる浩宇がいなければ、勝ち目はない。

が、問題はその浩宇だった。

(なんで浩宇まで、飛龍に乗りたがるのよ！)

銀鱗宮から出立した時と同じように、変化して自分で飛べばいいものを、浩宇はどうしても飛龍に乗りたいと言って聞かなかった。もちろん瑠華は反対したが、赤英も他の兵も皆、浩宇には異常に甘い。瑠華は、赤英の説明を思い出す。

『帝ってのはわけのわからないわがままを言うもんだ。それが帝だ』

(それこそわけがわからないわよ……！)

不仲なくせに、赤英は浩宇を立てることを怠らなかった。赤英はどうやら本気で、龍貴帝の将として忠誠を捧げることに決めたらしい。

(裏切られるよりはいいけど、わたしが敵国の瑠璃族であることは変わらないのよ。戦が終わったら、どうするのかしら……)

今はそんなことを考えても仕方ないと、瑠華は首を振った。とにかく今は奸臣を討ち取り、浩宇に銀鱗宮を返すことが先決だ。

(少なくともわたしが浩宇のもとにいれば、浩宇は瑠璃族を迫害しなかった。けど、李弓が主になったら、きっとまた瑠璃族は迫害される)

それだけでも瑠華が今、浩宇のために槍を振るうのに、じゅうぶんな理由だった。

門を破り、瑠華は一番槍をつけた。兵たちに周囲を守られながら、浩宇と赤英も門の中へ走りこむ。

混戦の続く龍舎には、飛龍は一頭もいなかった。

赤英が舌打ちをする。

「しまった！　先に逃げたか⁉」

「でも、飛んでいく姿は誰も見てないわ！」

飛龍を逃がさないよう、弓兵たちが周囲をがっちりと固めている。龍舎から飛び立てば、すぐに射貫《いぬ》き、逃避行を阻む手はずになっていた。

するとどこかに隠したのか、と焦る赤英と瑠華の前で、浩宇がすっと指差したのは龍舎の床だった。

「ここだ。龍の匂いがする」

「よくわかるな、そんなの。俺には何も匂わねえぜ」

浩宇が指し示す場所を、赤英が剣の鞘で突いた。下は石畳だ。とても突き破れるような硬さではない。

「どうする、爆破兵を呼ぶか」

「爆破は駄目だ。飛龍が巻き添えになる」

いくら知性で劣るとはいえ、同じ龍族を死なせるのは浩宇も嫌なのだろうと瑠華は思った。

浩宇は注意深く辺りを見回し、飼い葉の下へ手を入れた。

「ここだ」

「あっ」

瑠華と赤英が、同時に叫ぶ。飼い葉の中に、取っ手が隠されていた。

浩宇がそれを引っ張ると、石畳は跳ね上げ式の橋のように両開きになり、ぽっかりと洞を現した。

「地下だ」

浩宇が真っ先に飛びこみ、赤英、瑠華も続く。地下には、人が屈《かが》めばなんとか通れるくらいの通路が掘られていた。

地下壕は黴《かび》の臭いが鼻につく。土の壁には、虫が蠢く気配がした。

「こんな場所に龍種は相応しくない」

浩宇が顔をしかめた。瑠華も、その点に異存はない。こんな暗くてじめじめした場所には、龍種でなくとも棲みたくないだろう。そのお陰で、飛龍を奪う罪悪感が少しだけ和らいだ。

(確かに、早くここから出してあげたほうがいい)

地下壕を少し進むと、裏庭に出た。いきなり明るい場所に出て、瞳が明順応《めいじゅんのう》するのに数秒、かかった。が、それは瑠華と赤英だけで、浩宇にはまるで関係のないことのようだった。

(龍種は闇のほうが得意と言われているけれど、浩宇みたいな巨龍になればあまり関係ないのね)

そもそも下位の龍種は人型にもなれないから、浩宇とは体の構造も違うのだろう。

地上に出て、少し離れた所に森があった。浩宇はまっすぐにそこへ向かった。

「なんでえ、地下に閉じこめられてたんじゃねえのか。飛龍に地上を歩かせて、移動させたんだな。そりゃあ空を見ていても現れないわけだ」

「飛龍って歩くの苦手じゃない？」

「ああ。飛ぶのは得意だが、地上を歩かせりゃよちよち歩きだな」

「龍に地を歩かせるなど、言語道断だ」

浩宇に言われて、そういえばそうだなと瑠華と赤英は顔を見合わせる。下位とはいえ、龍は貴種で間違いない。

森に隠されていた飛龍たちを見て、瑠華はむしろほっとした。

「よかったじゃない、あんな暗い狭い場所に隠されていなくて」

「瑠華の言う通りだ。おまえたち、こちらへ来い」

浩宇が呼ぶと、飛龍たちはわらわらと池の鯉《こい》のように集まり、こうべを垂れた。その数、ざっと五十。予想以上に少なかった。

「百はいるってえ話じゃなかったのかよ」

「よちよち歩きでもなんとか遠くへやったんだろう。今から追うか？」

浩宇が聞くと、赤英は首を振り、自ら飛龍に跨《また》がった。

「いや、追撃される。地下通路へ続く石畳は開けてある。すぐに他の連中も続いてくるだろ。俺らだけでも先に乗りこもうぜ」

「あっ、赤英！」

説明を終える間もなく、赤英が飛び立つ。

「もう、せっかちなんだから」

文句を言いながら、瑠華も続く。瑠華が行くのなら浩宇が行かないはずもない。そういう連鎖になっていた。

風を切り、飛龍が飛び立つ。地表の草に波紋が生じた。

遙か上空の大気は、肌に刺さるように冷たかった。雲は霧のように体中にまとわりつき、瑠華の動きを鈍くさせる。

袖口で口元を押さえ、顔をしかめる。

(空気が薄い。息が苦しい)

「銀鱗宮の中へ入ってしまえば問題ない。急ごう」

瑠華を抱えるように背後に乗る浩宇が、飛龍を急がせる。天空で快適に暮らせる場所は、銀鱗宮だけだ、天空の外気は過酷だった。

先を行く赤英が、叫んで飛龍を止めた。

「おっと、お客さんだ！」

空を泳ぐ魚の群れがあった。銀鱗宮が近い証だ。が、いつもなら色とりどりの美しい魚しかいない空に、凶悪な牙を持つ鮫《さめ》の群れがあった。

「銀鱗宮が放った刺客!?」

「の、ようだな」

他人事《ひとごと》のように赤英が答える。赤英が飛龍の上で立ち上がり、剣を構え、足止めを買って出た。

「浩宇、先に行け！　行って銀鱗宮を取り戻して、俺を出世させやがれ！」

「こういう時に、そういうことを言うと死ぬ確率が上がるらしいぞ」

「不吉なこと言わないで！」

瑠華は怒りながら、それでも飛龍を駆った。

「あそこだ。あの下から潜りこめ」

浩宇が瑠華に、銀鱗宮の下部を指し示して教える。そこには普段閉じられている、濡れ孔があった。帝と一部の重臣だけが知る、緊急時の脱出孔だ。

瑠華は巧みに飛龍を操り、銀鱗宮の下部から宮中へ侵入を果たした。そこはかつて瑠華が浩宇に連れて行かれた、秘密の小部屋に近かった。

「ここへ抜けていくの?」

「ああ」

宮中へ入ってしまえば、浩宇の独擅場だ。瑠華を連れて、浩宇は透明な回廊を駆け上がる。水を常温で固めてできたきざはしは、踏みつけるたびに水紋を浮かべた。

「くせ者!」

宮中へ踏みこむと、剣を構えた衛士たちが浩宇へ襲いかかった。瑠華は前へ踏み出して浩宇を守ろうとしたが、浩宇の剣のほうが早かった。

「主の顔を忘れたか」

衛士たちの首が三つ、文字通り飛んだ。血しぶきが噴水のように、天井にまで飛び散る。

酸鼻な光景に、瑠華は目をそらす。

「おまえが嫌なら、もう少し血の出ない殺し方をしてもいいが」

浩宇は変なところで瑠華に気を遣った。瑠華は慌てて首を振る。

「戦の最中にそんなことは考えないで」

「そうか」

浩宇は瑠華の『赦し』を得て、果断に剣を振るった。

（ここは浩宇の宮城だし、わたしのことなんか気にしなくてもいいはずなのに）

そうやって妙なところだけ浩宇は瑠華を大切にするから、瑠華が戸惑う。

浩宇が斬りこんでいる間に、赤英も無事に追いついた。浩宇がそれを見て、心底残念そうな顔をする。

「生きていたか」

「当たり前だ！　領地ももらわずに無駄死にできるかよ」

「のんびりしている場合じゃないでしょう、浩宇、赤英！」

瑠華が二人を急かす。浩宇と赤英がのんきに会話しているうちに、他の兵士たちも続々と宮中へ乗りこんでくる。

（なんだか、嫌な予感がする）

本来なら喜ばしい戦況のはずなのに、瑠華の心は暗雲に覆われていた。

（うまく行きすぎている）

浩宇が強いのはわかる。精鋭の衛士たちだって、帝が相手では腰が引けているのかもしれない。

それにしても、弱い。銀鱗宮にはこれほどの弱卒しかいないのかと、瑠華は不審に思うのだ。

「浩宇。赤英。わたしたちは、誘いこまれている気がしない？」

「かもな」

別段揺らいだ様子もなく、浩宇が言った。

「だが、ここで引くって選択肢はねえんだわ、瑠華。いくら連中が間抜けでも、二度は攻め入らせてくれねえだろうからよ」

「それはそうだけど……」

瑠華は浩宇に念を押した。

「浩宇……気をつけて」

それを聞いて浩宇がまたちょっと驚く。

「おまえが俺の心配をするのか」

「そ、それは……っ」

「本当に、どういう夫婦なんだよ、おまえら」

「だから、夫婦じゃないってば！」

赤英は二人のことをまるで理解できない様子だった。

さらに奥に進むと、玉座の間はもぬけの殻だった。ここを陣取っていたはずの奸臣たちは、もう逃げてしまったのか。姿が見えない。赤英が辺りを確かめた。

「ちゃっかりお宝だけは持ち出してるぜ、あいつら。玉座に埋めこまれた宝石まで抜き取られてやがる。いい臣下を持ったなあ、浩宇」

「ああ。自慢の忠臣どもだ」

浩宇が赤英の皮肉に、皮肉で返す。その間にも瑠華は警戒を怠らない。

「ここならじゅうぶん広いわ。浩宇、念のため龍に変化して」

巨龍の姿でいれば、万が一矢や弓が飛んできても傷はつけられない。龍の体は、鋼より硬い鱗で覆われている。唯一の難点は狭い場所では変化できないことだったが、ここならば問題はないはずだと瑠華は浩宇を急かした。

が、浩宇の返事は芳しいものではなかった。

「無理だ」

「どうして？　玉座の間を壊すのは嫌？」

浩宇は帝だから、いくら戦の最中でも、玉座の間だけは傷つけたくないのだろうかと瑠華は訝しんだ。宝石でも黄金でも平気で打ち砕く浩宇はそういう手合いには見えないが、もしかしたら何か別の思い入れがあるのかもしれない、と。

（赤英ならわかるのかしら？　浩宇の、独特のこだわりが）

なんだか赤英のほうが浩宇を理解しているみたいなのが少しだけ瑠華は腹立たしかったから、瑠華は瑠華なりに、浩宇を理解しようと試みた。

浩宇は緩く首を振った。

「違う。そうではなく」

浩宇はなかなか続きを言わない。歯切れのいい彼にしては珍しいことだった。瑠華はますます不思議に思い、浩宇に一歩、近づいた。

その瞬間、浩宇がはっと顔色を変えた。彼にしては珍しいことだった。

「浩……」

「瑠華！」

名前を呼んで、浩宇が瑠華の体軀《たいく》を抱きとめる。

一瞬の出来事だった。

「えっ……」

瑠華の足下が、崩れ落ちた。正確には、床が抜けた。

「きゃあああ⁉」

浩宇に抱かれたまま、瑠華の体は奈落へと滑り落ちていく。

「瑠華――――！」

赤英が呼ぶ声が、どんどん遠ざかる。

落下の速度が生む風が、瑠華の髪を逆なでにした。

「な、なに……っ」

「喋るな。舌を嚙む」

「……っ……」

浩宇に止められ、瑠華は声を出すのを堪えた。浩宇の肩口に顔を押しつけ、瑠華はそのまま落下した。

(長い……どこへ続いているの⁉)

瑠華と浩宇が滑り落ちているのは、傾斜角度の急な筒状の道だった。直滑降で落下しないだけマシだが、筒はうねっているため目が回る。もっとも、目を回しているのは瑠華だけで、浩宇はどうということもなさそうだった。

(龍の三半規管はどうなってるのよ……！)

瑠華は浩宇を羨ましく、恨めしく思った。

やっと辿り着いた底は、生き物の腹の中のような薄気味の悪い部屋だった。

「なに、ここ……」

「さあな。俺も来たことがない」

「浩宇が知らない部屋があるの？　宮城なのに？」

「俺より前の帝が何をしていたかなんて、逐一俺が知るはずがない」

「そういうものなの……？」

龍種の規則はいまだに瑠華にはよくわからない。

とまれ、この部屋が異質であることだけは確かだった。

(気持ち悪い。壁が、生き物のはらわたみたい)

壁だけでなく床も赤くぬめっていて、ぶよぶよしている。歩くと足が肉に沈むような感触が、堪らなく薄気味悪かった。まるで剝き出しのはらわただ。巨大な生物の体内に呑みこまれたら、こういう感じなのだろうと瑠華はぞっとした。

「出口、ないみたいね。今滑り落ちてきた筒しか……」

瑠華は不安げに天井を見上げた。そこには、たった今瑠華たちが落ちてきた穴がある。が、壁を上ろうにも足がかりはないし、壁面は得体の知れない粘液でぬめっている。とても上れそうになかった。

(でも、浩宇がいれば問題ないはず)

龍に変化すれば、浩宇は飛べる。さっき、玉座の間では変化しなかった浩宇だが、ここなら問題ないだろうと瑠華は浩宇に聞いた。

「浩宇、ここなら龍に変化して飛べる？　ギリギリで羽が広げられれば……」

「さっきは人目があって言えなかったが」

瑠華の質問に、浩宇は一旦間を置いて言った。

「それは無理だ」

「どうして？　何か理由があるの？」

「ある。変化できない」

「え……」

いきなり断言されて、瑠華は絶句した。

「うそ！」

「そんな嘘をつく理由がない」

「それは、そうだけど……！　いつから？」

「一月ほど前からだな。少しずつ異変が起きて、変化できなくなった」

「そんなに前から⁉」

だから浩宇は、銀鱗宮攻略のためにも変化できなかったのだとやっと瑠華は合点した。

「赤英はこのことを知っていたの？」

「知るわけがない。なぜ俺があいつに言うと思う」

「いえ、浩宇が言わなくても、赤英は気づいていたと思うけど」

赤英の名が瑠華の口から出ると、浩宇は覿面に機嫌を悪くした。

「どうしてあいつをそんなに信頼するんだ」

「信頼してる、というか、わかりやすいっていうか……待って、今、そんなこと話してる場合じゃないわよね？」

瑠華は頭が痛くなってきた。

「わたしは龍種についてそんなに詳しいわけじゃないけれど、あなたみたいな最高位の龍種が変化できなくなるって、そんなによくあること？」

「ない。聞いたこともない」

浩宇は淡々と答えた。

「理由は、わからないの？」

理由がわかれば、対策も取れるかもしれない。瑠華はそれを期待したが、浩宇の返事は芳しいものではなかった。

「理由はわからない。新手の病かもしれないが、仮にそうだったとしても、典医なら治せるというものでもない」

「それは……仕方ないわね」

浩宇が悪いのではないし、彼を責めても仕方ないから、瑠華は早々にあきらめた。一つだけ、瑠華の心には『原因』と疑わしきものが浮かんでいたが、それは怖くて口には出せない。

（もしかして、わたしのせい……？）

瑠璃族の姫は龍の帝を破滅させるという。それは、龍の心を惑わせる傾城という意味だと瑠華は理解していたが、或いは他の理由もあったのではないか。

（だって、こんなに長く帝の寵愛を受けた瑠璃族の女は、いないはず……）

それほど長く寵愛を受ける前に、王朝は滅んでいた。だから、帝の寵愛を最も長く受けている瑠璃族の姫は、現時点では瑠華ということになる。

そのせいで何か、特別な悪影響が浩宇に出ているのではないか。瑠華が懸念するのは、それだった。

それからはたと、瑠華はもう一つのことに気づいた。

「それ、弱点じゃない。わたしに言っていいの？」

「別に人の姿でも、おまえには勝てる」

「そういうことじゃなくて、言いふらしたらどうするのよ、わたしが」

「瑠華は言わない」

「なんなのよ、もう……！」

瑠華は地団駄を踏みたい気持ちになる。その信頼が怖ろしかった。

（わたし、あなたを暗殺するつもりだったのよ。忘れているの……？）

忘れてはいないだろうが、浩宇は揺らがないのだろう。気を取り直して、瑠華は脱出の手段を講じようとした。

「刃物を突き立てれば、上れるかも。わたしが先に……」

「待て」

先に登って様子を見る、という瑠華を、浩宇が制止した。

「赤ん坊の、声がする」

「え？」

浩宇に言われて、瑠華も耳を欹てる。確かに、赤ん坊の声がした。か細く、消え入りそうな声だった。

「下……？　この、下から？」

瑠華は床に這いつくばり、耳を当てた。最初はかすかだった泣き声が、どんどん大きく響いてくる。

「あっ、動く！　この部分、穴があくわ！」

耳を当ててみて、瑠華は気づいた。床の一部に、手で押せば掻き分けられる箇所があった。

「行ってみましょう、浩宇！　ここにいてもらちがあかないし、それに……」

瑠華は視線を下方へ向けた。赤ん坊の声が、気になった。李弓をはじめとする奸臣たちが、各地から赤ん坊や女を集め、よからぬことに使っているという噂がまことしやかに語られていた。瑠華は星華からも、同じ話を聞いている。

（瑠璃族の子も、さらわれている。ここにいるかもしれない）

「待て、瑠華」

浩宇が止めようとしたが、今度ばかりは瑠華も聞かなかった。瑠華は赤い肉壁を手で掻き分け、ぬめる肉襞のような筒を滑り降りた。最初は制止したものの、瑠華が行けば浩宇も後に続く。

滑り降りた下層は、さらに広い赤身肉のような部屋だった。

（ひどい臭い）

そこは腐臭に満ちていた。一筋の陽光も差さない密室なのに仄明るいのは、肉のような壁それ自体が発光しているせいだ。

部屋の真ん中に、赤く巨大な塊があった。一見しただけではそれがなんなのかわからず、数秒凝視して瑠華は嘔吐《おうと》しそうになる。

「人間……なの？　これ……」

「そのようだな」

さすがの浩宇も、顔をしかめる。赤い山は、原型を留めていない人間たち、正しくは、『人間だったもの』の寄せ集めだった。

すぐにでも立ち去りたくなるような場所だが、瑠華は肉塊の中から赤ん坊の泣き声がするのを耳ざとく聞きつけた。

「そこにいるのね⁉」

まだ生きている、と確信した瞬間、瑠華の心から迷いが消えた。生理的嫌悪感も何もかも捨てて、瑠華は赤ん坊を目指して死体の山へ手を入れた。

「今、助けに……」

「待て！」

瞬間、浩宇の制止が響いた。さっきより強い声だった。

えっ、と瑠華が思った時には遅かった。

「きゃあ⁉」

気がつくと瑠華は、空中に逆さ吊りにされていた。左足首に、何かが巻き付いている。

「なに、これ……！」

見覚えがないわけでもないが、浩宇や星華が操ったのとは違う、紫色の触手だった。

肉塊から響く、ほぎゃぁぁ、という甲高い泣き声は、やがて哄笑《こうしょう》に変わった。

「やはり瑠璃族の女は愚かだ」

肉塊が盛り上がり、やがて巨大な人の形を成した。その中から現れたのは、官服に身を包んだ李弓だった。

「李弓……！」

瑠華は、中空に吊られたまま彼を睨みつけた。李弓。彼こそがこの銀鱗宮を血と腐敗液で汚し、帝である浩宇を失墜させた張本人だ。

血と汚濁の中から現れても、彼の服には染み一つついてはいなかった。妖術を操る李弓には、これくらい造作もないことなのだろう。

（浩宇……！）

瑠華は浩宇に視線を送った。斬って捨ててしまえ、という合図だった。浩宇の腕ならば、李弓を斬るくらい容易いはずだ。

が、李弓もそんなことくらい、当然予測していただろう。瑠華の喉元には、鋭く尖らせた触手が突きつけられている。赤い肉が鉄のように固められている。切れ味は、よさそう

だ。

「くっ……」

「暴れると余計に締めつけがきつくなる。窒息したくなければじっとしていろ、女」

李弓は瑠華を、名前ですら呼ばなかった。それが本来の、瑠璃族への扱いだった。

李弓は、舐め回すような視線で浩宇を見た。浩宇は剣の柄から手を放す。瑠華が人質に取られていては、浩宇は身動きが取れない。

「我らの傀儡とおなり下され。龍貴帝」

「浩宇、こんなヤツの言うこと、聞かなくていい！」

命なんか惜しくないと、瑠華は本気で告げた。長年、瑠璃族を苦しめたのは、この李弓のような奸臣たちだ。浩宇では、ないのだ。

「こんなヤツの言うなりになるくらいなら、死んだほうがマシだわ！」

「うるさいぞ、小娘」

「うあッ……！」

吠《ほ》える瑠華の細い体を、李弓の操る触手がさらにきつく締め上げる。浩宇が強い口調で制止した。

「やめろ」

「次帝がお立ちになるまで、貴方様《あなたさま》には銀鱗宮を支えてもらわねば困りまする」

李弓は慇懃な態度で、浩宇に要求した。瑠華はそれを不可解に思った。

「どういうこと⁉」

浩宇が邪魔ならすぐに殺してしまえばいいのに、なぜだか彼らはそれをしない。その理由を、浩宇が説明した。

「俺が死ねば、銀鱗宮は地に墜ちる。次帝がこの世に存在している限りは、銀鱗宮を不在にしても問題はないが、次帝が見つかるまでは、俺は死ねない」

「銀鱗宮には数万の官が仕官しておりまする。まさか我らをお見捨てにはなりますまいな?」

李弓は陰湿にそう告げたが、浩宇の心に届くはずもなかった。

「帝のいない宮など不要だと、天が定めたんだろう。俺に文句を言われても困る」

そうは言いつつも、浩宇は李弓を斬らないし、ここから逃げ出そうともしない。自分のせいだと、瑠華は悔やんでも悔やみきれない。

「ごめんなさい、浩宇……!」

その時、浩宇は初めて微笑んだ。

「同胞の赤ん坊を助けようとした。おまえは何も間違ってはいない」

「………！」

言葉は瑠華の胸を貫いた。

浩宇は、正しい。正しかったのだ。ずっと。

（わたしたちを、星華を、赤英を、みんなを迫害していたのは……）

間違いなく、帝ではなく奸臣どもだ。瑠華は今、確信した。自分が浩宇を憎まなければいけない理由は、最初からなかったのだと。

（だって浩宇は、結局おじいさまを殺さないでいてくれた。わたしの願いを、聞き入れてくれていた……！）

「ご無礼をお赦し下され」

言いながら李弓は浩宇に近づき、その額に手を伸ばした。指先は青い小さな石がつままれていた。

最後に浩宇は、吐き捨てるように李弓に言った。

「無礼も何もあるか。おまえの存在自体が目障りだ。覚えておけよ、李弓」

「おお、怖ろしや。しかし、拙めは諫言《かんげん》を躊躇いませぬ。どうか広きお心でお受け取り下され」

青い石が、浩宇の額にぴたりと当てられる。それは浩宇の皮膚に沈みこみ、まるで浩宇の一部のようになった。

「浩宇っ⁉」

瑠華はただ、浩宇の変貌を見守るしかない。

浩宇の肩が、びくんと震えた。次の瞬間、彼の目から光が消える。

「浩宇、浩宇、しっかりして！　浩宇！」

瑠華は呼び続けたが、彼はもう瑠華を見ない。光のない目で、李弓を見ている。李弓が高らかに勝利を宣言した。

「龍貴帝を封じ奉る印など、いくら拙めが妖術を極めたとはいえ至難でございましたぞ。どうか民の命の凝縮されたこの魔石、大切にして下され」

「奸臣たちが異民族の子を集めていたのは……これを作るため⁉」

「貴様ら賤民《せんみん》が我ら貴種の役に立つ。これほどの幸福もなかろう」

李弓の言葉に、瑠華は怒りに震えた。

「ひどい……人の命を、なんだと思っているの……！」

浩宇を封じこめると、李弓は本性を現した。彼が指で合図をすると、肉塊に潜んでいた兵たちがわらわらと湧いて出る。

「小娘は不要だ。殺せ」

「こんな、所で……！」

こんな所で死ぬのかと、瑠華は瞑目《めいもく》した。あまりにも悔いの残る最期だった。自分の愚かさのせいで、浩宇を巻き添えにした。

(なのに浩宇は、わたしを責めなかった)

自分はあんなに浩宇を責めたのに。

一度は殺そうとまで決意したのに、彼はそんなことは少しも気にしなかった。

(もしも償えるなら、償いたい……浩宇に)

けれどそれも、叶わぬ夢だ。

せめてみっともない死に方だけはするまいと、瑠華が歯を食いしばった時、兵士たちの血しぶきが上がった。

「ぎゃあぁっ⁉」

「主上っ？　何を……！」

「な……⁉」

兵士たちの血を顔に浴びて、瑠華は怖々と目を開けた。浩宇が、瑠華を斬ろうと近づいた兵たちを片っ端から斬りつけていた。

「浩宇⁉　操られていたんじゃ……⁉」

龍封じに成功したというのは、李弓の嘘だったのか。瑠華は咄嗟にそう期待したが、それも違っているようだった。李弓が歯噛《はが》みする音がした。

「おのれ、龍の誓いを立てたか！　こんな、卑民の娘一人のために！」

李弓の怨嗟《えんさ》が、瑠華に状況を教えた。

(浩宇は、わたしを守るという誓いを立てた？)

龍の誓いというものが何なのかは瑠華は知らないが、状況を見ればわかる。浩宇は、おそらく自分が操られた時のことまで見越して、一つだけ自分に『呪詛』をかけたのだろう。すなわち、『瑠華を害するものは排除する』と。

「浩宇、浩宇っ、わたしがわかる？」

「…………」

瑠華は必死で浩宇に呼びかけたが、反応はない。龍の誓いはただ一つだけ、『瑠華を守る』ことで、その他の制限は解除できないらしい。

李弓が、忌々しげに言った。

「やむを得ん。卑民の小娘も連れて行け」

浩宇の剣が、瑠華を縛る触手を斬った。地面に落とされる前に、瑠華の体軀は浩宇の腕に強く抱きとめられた。

万感の想いをこめて、瑠華は浩宇の胸にしがみつく。

(浩宇……!)

何度も、何度も心で名前を呼んだ。今初めて、瑠華は彼を心底愛しいと感じた。今までだって愛しかった。けれど、壁があった。愛しているとは言えない壁が。

「浩宇……」

感情のない瞳で見下ろされても、瑠華はもう戸惑わない。ただ彼の頬を手で包み、愛しげに撫でるだけだ。

瑠華はただ、彼が愛しかった。

5　囚われ姫

（わたしは浩宇をバカだと思っていたけど、わたしのほうがバカだったんだわ……）

棲み慣れた後宮に戻され、銀糸の着物を着せられて、瑠華は一人で落ちこんでいた。

（これじゃ元《もと》の木阿弥《もくあみ》じゃない）

閉じこめられる生活は、以前ほどには苦痛ではなくなっていた。あの時苦しかったのは、浩宇を殺さなければいけないと信じていたからだ。

浩宇への殺意をすっかり失った今のほうが、少なくとも瑠華の心はずっと穏やかだ。

（この場所が嫌いなわけではなかった。浩宇のことが嫌いなのでも、なかった……）

浩宇は、瑠璃族かもしれない赤ん坊を助けようとした瑠華を責めなかった。それどころか、肯定してくれた。同胞を助けようとするのは当たり前のことだ、と。

（浩宇は、今までの帝とは違う。瑠璃族を助けてくれるかはわからないけど……少なくとも、迫害はやめてくれた）

なぜその意味を、もっと深く考えなかったのか。なぜ浩宇を信じなかったのか。彼は言葉は足りないけれど、嘘は一つもつかなかった。

(わたしがもっと早く、浩宇を信じていればよかった)

だけど浩宇だって悪いのだと、瑠華はまだ少しだけ、浩宇を責めたい。

(あんな強引なことをされたら、信じられないに決まってるじゃない……!)

それが浩宇の性格なのだと瑠華が納得するまでには、まだ時間がかかりそうだった。

(だけどもう、ここにいるのは、嫌じゃない)

浩宇の、否、龍貴帝の後宮である、このだだっ広い部屋で浩宇を待つことが、今の瑠華は嫌ではなかった。むしろ、早く来て欲しいとさえ思っていた。

浩宇は今、帝として反乱軍の鎮圧に向かっている。額に埋めこまれたあの青い石は、龍を封じる魔石だ。浩宇は李弓に操られているのだ。

(平定される反乱軍っていうのは、赤英たちのことだわ。みんな無事だろうか)

浩宇と二人だけで罠にはまった瑠華には、その後の赤英軍の動きは知れない。とにかく無事に生き延びていてくれることを願うばかりだ。

瑠華はただ、後宮で彼の身を案じることしかできない。

(他の姫たちの気配も、まるでしない。どこかへやられてしまったのかしら)

浩宇は帝として、たくさんの美姫を献上されていた。政治的な事情で、後宮に姫は瑠華一人というわけにはいかなかった。

その彼女たちが今や、影も形も見えない。瑠華には、嫌な予感しかしなかった。

(全体に、銀鱗宮の人が減っているように見える。まさか……)

瑠華の脳裏に、滑落して見た赤い肉塊が蘇《よみがえ》る。一人、二人、十人、二十人のものではなかった。あれは。

ざわりと怖気《おぞけ》を立てたその時、閨の扉が開いた。

「浩宇⁉」

突然浩宇が現れたことに、瑠華は驚いた。もっと驚いたのは、その後ろに李弓を始めとする奸臣たちが控えていたことだ。

浩宇と再会できた喜びは一瞬で消え去り、瑠華は身を固くした。

「何しに来たの。ここは帝の後宮よ」

帝しか立ち入るのを許されない場所であるはずだと、瑠華は彼らを責めた。が、李弓たちにそんな正論が通じるはずもない。李弓が、慇懃なお辞儀をした。

「それはもちろん、国母となられる瑠華様の居室であられましょう。拙めらはすぐに立ち去りますゆえ」

「国母？」

何を言っているのかと、瑠華は眉をしかめる。李弓が蛇のような目で瑠華を見る。その奥底に計り知れない憎悪の焔を見て、瑠華はぞっと肌を泡立たせた。

「帝がどうしても、次帝は瑠華様に産ませたいと仰せになる。龍族は血縁にはこだわらぬはずでございますが、何事にも例外はある模様」

「な……」

瑠華は絶句した。

浩宇から、子供を産んでくれと言われたことは確かにある。が、瑠華はここへ連れて来られてしばらくは、子の出来ぬ秘薬を飲んでいたし、ここを出て赤英の根城で暮らしていた間はなぜだか浩宇は瑠華の軀に指一本触れなかった。

それゆえに瑠華は孕まずに済んできたが、今日でそれが終わるということか。瑠華は混乱した。

「帝は、次帝の種をおつけになってからでないと、心安らかに匪賊《ひぞく》の討伐もできないと仰せになる。拙めらも、次帝が一刻も早くお生まれになることは望外の喜び」

最後に李弓はふんと鼻で嗤った。

「卑しい性奴隷が国母となる。そういう事例も、ございましょう」

「……ッ……！」

瑠華は反射的に、手近にあった燭台を李弓に投げつけた。李弓は俊敏にそれを避けた。

最後に李弓はこう言い残した。

「次帝に瑠璃族の血が混じるのは、不本意だがやむを得まい。傀儡の中身などなんでも良いわ」

（それは……）

瑠華の顔から覇気と敵意が消える。瞬間、浩宇と視線が絡みあう。意思の光をなくした瞳でも、それは確かに金色の、浩宇の瞳だ。

（瑠璃族は、龍を滅ぼすと言われているのに……）

だから瑠華は頑なに、浩宇からの求愛を除《の》けていたのに。これでは今までの苦労の意味がない。

（でも……）

瑠華の喉が震える。

浩宇と、いたかった。

畢竟それが、瑠華の望みだったのだ。

出会った時から、ずっと。

李弓たちが立ち去ると、浩宇はつかつかと瑠華に歩み寄った。瑠華はただ立ち尽くす。

(浩宇は……？　同じように、想ってくれていた？)

おそらく、そうだったのだろうと瑠華は思った。

浩宇の手で横抱きにされて寝台に運ばれても、瑠華は抵抗しなかった。

(浩宇……)

まっすぐに、瑠華は浩宇を見た。出会った頃の、浩宇の鋼色の目が好きだった。金色の目は、好きではなかった。けれど今は、それも愛せた。

鼓動が早くなる。そばにいるだけで、血が熱く巡る。

触れる手のひらに、瑠華は自分の手を重ねた。

愛しくて、切なくて、瑠華は禁を犯した。

「この身は」

今は瑠華の言葉を解さない彼にも通じる言葉で、瑠華は寵愛を受け入れた。

「帝の、ご随意に……」

た。

「あンッ……う……あぁっ……」

舌を使う濡れた音が、閨に響く。すでに半刻《はんとき》近く、瑠華は大きな乳房を帝に愛されていた。

「や、ぁっ……そこ、ば、かりっ……」

唾液に濡れて光る乳首は、長い愛撫のせいですっかりと尖り、鋭敏な快感の塊に変貌した。紅い尖りの先に、浩宇の舌が這い回る。白い乳房は大きく張り詰めて、帝の手にも余るほどだ。

二本の指で乳首の根元を押さえられ、きゅっと捻《ひね》られた瞬間、瑠華のそこは白い蜜を噴いた。「きゃぅっ……！」

びくんと瑠華の膝が跳ねる。乳を噴き出す瞬間に、強い快感を得たせいだった。

「おまえの乳は、甘いな」

帝がそれを、味わっている。

「子も孕んでいないのに、乳が出るのか」

「そ、それ、は……っ」

浩宇のせいで、瑠華は軀を変えられていた。星華の操る異貌のもののせいで、孕まずとも刺激を受ければ乳が出るようになっていた。

(忘れているのね……)

それは浩宇のせいではない。自分のせいだと、瑠華は幼子を抱きしめるように浩宇の頭を抱きとめた。

「浩宇が、したいなら……いい……あっ……!」

瑠華の『赦し』を与えた途端、浩宇の歯が軽く乳首に立てられる。もっと、とねだるようにそこを吸われて、浩宇の口の中で瑠華の乳首が絶頂に震える。

「はぁっ、んんっ……!」

白いものが、乳房の表面を流れていく。その大きさに相応しい量を、瑠華はそこから溢れさせ、帝を愉しませた。

(溢れて、きちゃう……)

「やぁー……っ」

口から出され、また指で搾られて、瑠華は短く啼いた。ピュッと男根が射精するように、瑠華の乳頭は白い蜜を噴く。

「やっ、ぁっ、らめ、ぇえっ……も、もぅっ……」

白いものを飛び散らすたびに、軀がびりびりした。

「はぁ、ンンッ……!」

唾液と乳汁で濡れた乳首を、コリコリとこすられる。感じると余計に乳が出やすくなることに、浩宇は気づいてしまったようだった。

「やっ、い、ゃ、もぅ、やだ、ぁっ……」

甘ったるい拒絶が続く。浩宇はそれを、言葉通りに受け止める。

「嫌なのか。俺に抱かれるのは」

「違ッ……そうじゃ、なくて……っ」

瑠華はひっきりなしに、太股をこすり合わせていた。

(言えない……そんな、の……)

無理矢理言わされたことは何度もあるが、いまだに瑠華は、浩宇にそれが言えない。

(体が、熱い、の……)

奥が、熱い。下腹の芯まで、煮えたぎるようだった。

浩宇のせいだ。

「ン、ふぅぅっ……」

浩宇の手が、下肢に伸びる。

口づけられながらやっとそこに触れられて、瑠華の花弁が悦びにわなないた。早く、もっと、とねだるようにヒクついて、浩宇の指をいざなう。

が、浩宇はまだ瑠華の乳房に執着していた。

「あンぅっ……！」

期待を裏切られた淫花が、激しく震えながら蜜を漏らす。浩宇は花弁を指では犯さず、あやすように軽くそこを弄り回した。

「は、ぁんっ！」

淫芽の上を、ぬるりと指が滑っただけで瑠華の軀はびりりと痺れた。だが浩宇は、わざと的を外しているようだ。

「あ、ぁぁっ……」

切なくて、涙が出る。

ついに瑠華は自分から堕ちた。

「ね……浩、宇……っ」

恋人を閨で呼ぶ、その声は甘く濡れていた。

瑠華は浩宇の頬を両手で包み、自ら口づける。

「ン……ふ、ぅっ……」

舌を絡めあい、口の中をまさぐりあう、いやらしい口づけだった。浩宇がこれを好きなのを、瑠華は知っている。

(して……お願い……浩宇)

淫靡な口づけをしながら瑠華は、浩宇に下肢を密着させる。これでわからないはずはないのに、浩宇はまだ瑠華を犯さない。

「子壺を突いたほうが、乳が出るか?」

「ひっ……ぃ、ぅっ……!」

聞きながら浩宇は、瑠華の蜜孔を二本の指でまさぐった。ぬちゅくちゅと音をたて、柔肉を掻き混ぜ、瑠華を懊悩させる。

蜜肉が、ねっとりと浩宇の指に絡みついている。

「いや、ぁ……、も、も、ぅっ……」

泣き濡れて、視点の定まらない目で瑠華は浩宇を見つめた。

「し、て……浩、宇……」

「何を?」

聞きながら浩宇が、再び瑠華の乳頭に舌を這わせる。小さく口を開けてしまった乳首の孔を舌先でちろろちと擽られ、瑠華は軽く絶頂しながら叫ぶ。

「お、お願、い、犯し、てぇっ……!」

「可愛い言い方をする」

浩宇は嗤って、瑠華の両膝に手をかけた。

「あっ……」

顔の横に膝がつくくらい深く曲げられて、瑠華は羞恥に震えた。

「奥まで、見える。もっと拡げてみようか」

「やぁっ……!」

見ないで、と瑠華は身を捩る。が、浩宇が聞き入れるはずもない。

「生娘でなくなって、どれくらいだ? こんな所までヒクつかせて」

「あ、嫌ぁっ……!」

溢れ出した愛液に濡れている後ろの窄まりまで指摘され、瑠華はどうしていいのかわからない。

(全部、浩宇のせいなのに……)

「しっかり呑みこめ。子種を、注いでやる」

傲岸にそう告げて、浩宇は自身の切っ先を瑠華の花弁にあてがった。拡げられた小さな花弁が、チュッと愛おしそうに浩宇の先端に吸いつく。

「あううっ……!」

何度挿れられても、瑠華の身には浩宇のそれは大きすぎた。ずぐずぐと熱い媚肉を割り拡げ、奥まで入ってきてしまう。

「気持ちがいいな……おまえの、中は」

根元まで突き挿すと、浩宇はしばし、味わうように動きを止めた。

「絡みついてくる……奥を突かれるのが好きか？　瑠華……」

「あぁっ、ン、あぁぁっ……！」

じゅぽっ、と激しく引き抜かれたあと、また奥まで挿入《い》れられて、瑠華は啼いた。女陰が晒されるくらい軀を折り曲げられ、激しく出し入れされて、混ざりあった淫液が飛び散った。

「好きっ……浩、宇……好き……っ」

夢と現の狭間の中で、瑠華は無意識に告げていた。その言葉は、帝の心を激しく揺さぶるようだった。

「や、嫌っ、抜かな、ぃ、でっ……もっ、と……してぇ……！」

一旦引き抜かれて、瑠華は淫らなことを口走る。このまま、一晩中でも浩宇とつながっていたかった。

帝は瑠華の願いを汲んだ。

「一晩中でもしてやる。龍の子を孕め」

「あぅっ、あぁぁぁっ！」

瑠華の望み通り、帝は瑠華を正面から抱き直し、正常位で再び瑠華を貫いた。瑠華の一番好きな体位だった。

「あンッ！　う、あぁっ……んっ……！」

待ちわびていたもので疼く淫孔を満たされて、瑠華は泣き喘ぎながら帝の精を受け止める。

「あ、熱、ぃ……あふ、れ……て……っ」

一番奥で射精されて、瑠華はその溢れてくる感触にまで感じてしまう。瑠華のほうはすっかりと満たされてしまっていたが、浩宇は違っていた。

「まだだ。これじゃ足りない」

「え……あ……」

引き抜かれ、帝の子種を溢れさせる蜜孔に顔を近づけられる。

「ん、ふぅっ……！」

息がかかるほどの至近距離で見つめられながら、指でそこを拡げられ、瑠華は眦を濡らした。にゅちっ、と拡げられた蜜襞に、浩宇の視線が刺さる。

「いや……もう、見ない、で……っ」

「俺のものを見て何が悪い」

当然のことのように浩宇は言う。意地が悪いのか素直なのか、浩宇のそういうところが瑠華にはよくわからない。

「俺の妻は、女陰も美しいな……」

浩宇は満足げに、褒美の口づけをした。

「やぁぁっ……！　舌、ぁっ……！」

口づけられるだけでなく、すっかりと熟して蕩けきったそこに舌を入れられるのは、刺激が強すぎた。瑠華のそこが、びくびくと痙攣を繰り返す。

「ひうぅぅっ！」

舌の腹が、ぬるぬると瑠華の陰核の上を這う。つんと尖った小ぶりのそれが、みるみる芯を硬くしていく。

「あ、あー……っ」

躯をひっくり返され、ぬぐりと後ろから入れられた時にはもう、瑠華の四肢に力は入らなかった。糸の切れた人形のように、瑠華は帝に揺さぶられた。

何度も帝の子種を注がれ、瑠華は狂おしいほどの幸福の中、眠りに落ちた。

帝は三日三晩を瑠華とともに閨で過ごした。それは瑠華の企図したことでもあった。

（浩宇をここに足止めしておけば、その間は赤英たちへの攻撃は緩くなるはず）

禁軍は動いているだろうが、浩宇がいるのといないのとでは、まるで戦力が違う。たとえ龍に変化できなくても、浩宇は禁軍の要だ。

（幸せ、だなんて思ったら、絶対にいけないんだけど……）

三日三晩、浩宇を独占できたことは、瑠華の心を満たした。もうこれで死んでしまってもいいと思えるような、幸福だった。

◆◇◆

（だけど、まだ死ねない）

瑠華は昂然と顔を上げ、格子の入った窓の外を見た。雲の狭間を縫うように、金、銀、赤、色とりどりの魚たちが泳いでいく。今日は少しだけ浩宇が外出しているが、遠出ではないことは本人に聞いて確認済みだった。

格子に指をかけて、瑠華はちりちりとした焦りに身を焦がした。

（赤英たちを無事にどこか遠くへ逃がして……わたしの故郷も、迫害されないように……）

そのためには、どうするのが最善か。考えれば考えるほど瑠華は深みにはまっていった。

今まで瑠華がしてきたことは、すべてその場しのぎに過ぎない。

(何よりも先に、浩宇の記憶を元に戻さないといけない)

けれどその手段はない。瑠華には宮中に味方はいないのだ。

「瑠華」

浩宇の声がした。瑠華は慌てて表情を笑顔に変えて、振り向いた。浩宇が戻ってきた。

浩宇の声は少し弾んでいた。

「今日は、面白いものが手に入ったぞ」

「おか……」

振り向いて、お帰りなさい、と言いかけた瑠華の唇は、そのまま言葉を発せずに固まった。

浩宇が小脇に抱えている人物の顔を見たせいだ。

(星華……!)

声には出さずに瑠華はその名を呼んだ。星華の目が、呼ぶな、と強く瑠華に伝えていたからだ。

星華は、満身創痍《まんしんそうい》の有様《ありさま》だった。着衣は汚れ、髪は乱れ、痩せ細っている。

浩宇の、唯一ともいえる忠臣だった星華のことだ。李弓の謀反のあと、無事では済まないだろうと瑠華は気を揉んでいたが、とにかく星華は生きていた。そのことに瑠華はほっとした。

（銀鱗宮は広い。きっとどこかに隠れていたのね）

とにかく彼が李弓たちに殺されず、生きていただけでも瑠華は嬉しかった。問題は、浩宇が彼のことを忘れていることだ。瑠華は、最前の浩宇の言葉を思い出し、不穏な空気を感じた。

（面白いものが手に入ったって、星華のこと？）

その言い方はあまりにも酷薄に聞こえた。『もの』と言ったのだ。星華のことを。

浩宇は星華の躯を床に投げ出し、髪を摑み、その口元に丸薬を突きつけた。

「薬だ。飲め」

星華は大人しく、それを口にした。瑠華は目を見張る。星華の傷が、みるみる治っていく。

痩せた躯は元には戻らなかったが、髪や肌の色艶は瞬間的に改善し、星華はもとの美貌を取り戻した。

（龍の鱗から作られる秘薬は、本当にすごい）

一度は息絶えた赤英の妹を、冥府から取り戻したほどの秘薬だ。星華の衰弱をなかったことにするくらい、容易いのだろう。

（秘薬を与えるということは、星華のことは気に入っているんだわ）

いくら浩宇が気まぐれでも、そう易々《やすやす》と下賜するものではない。文字通り自分の軀を削って作る秘薬なのだから。

瑠華の内心を読み取ったかのように、浩宇が言った。

「人の顔をした豚どもに飲ませるくらいなら、おまえと同じ顔をした下民に飲ませるほうがマシだからな」

人の顔をした豚とは、李弓たちのことを言っているのだろう。彼らが宝物庫に手をつけていないはずがないから、浩宇はそれを怒っているのかもしれなかった。

（浩宇は李弓たち奸臣に、完全に操られているわけではないみたい）

浩宇は帝として、彼らの言うなりにはなっていない。ただ、一部の記憶を改竄《かいざん》されているだけだ。それだけでも瑠華にとってはありがたいが、そうとばかりも言っていられない現実もあった。

浩宇は女官を呼び、一旦星華を引き渡し、身支度を調えさせた。湯浴みをさせられ、すっかり綺麗にされた星華が閨に戻される。

瑠華は怖々と聞いてみた。

「何を、するの……？」

「言っただろう。今日は『これ』で遊ぶ」

星華の顎を摑んで、浩宇は瑠華のほうへ向けさせた。まるで玩具を扱うような、優しさのない仕草だ。瑠華だってそんな扱いは浩宇から受けたことがない。星華は従順だが、見ている瑠華のほうが耐えられなかった。

「星華に、ひどいことをしないで！」

堪らず、瑠華は叫んだ。

「星華は忠臣だった！　あなたの味方よ！」

星華がはっとして、それからすぐに、苦渋を顔に浮かべる。もしかしたら星華はそれを、言って欲しくなかったのかもしれなかった。

浩宇は特段、気にする様子もない。

「おまえが言うなら、それなりに大切に遊んでやる」

帝は今日、上機嫌であるらしい。瑠華の懸命の献身が、彼をそうさせていた。それでも星華は、浩宇にとっては最高の玩具に過ぎない。

星華の細い顎を摑み、浩宇は飽きることなくその顔を覗きこんだ。

「この顔はいい。男だが、おまえによく似ている」

星華は瑠華と瓜二つだ。違うのは瞳の色と、性別だけだった。記憶をなくしても浩宇の嗜好《しこう》は変わらないらしい。

「脱げ。そこに這え」

浩宇に言われ、星華はするりと銀糸の着物を脱いで、下穿きも下ろし、生まれたままの姿になる。いたたまれずに瑠華はつい、彼の名を呼んだ。

「星華っ……」

「拙めにお気遣いは無用」

毅然《きぜん》と、星華は瑠華に告げる。彼はすべてを覚悟しているかのようだった。

「星華というのか。いい名だな」

浩宇は、自分で名付けたことも忘れているのだろう。瑠華は悲しくなった。

「そこで見ていろ」

星華を立ったまま控えさせて、浩宇は瑠華を寝台へ押し倒す。いつでも帝に抱かれるために、瑠華の身支度も調っていた。

「せっかく面白い玩具が手に入ったんだ。使わない手はないだろう」

着物の前がはだけられ、瑠華の、大きな乳房があらわにされた。連日帝の寵愛を受けたそこは、まだ薄桃色に熱を持ったままだ。

上機嫌のまま、浩宇が言った。

「使えない奸臣どもだが、玩具だけはよく選ぶ」

(星華がここに連れて来られたのは、李弓たちの仕業なの……!?)

それで瑠華は、星華がここに連れて来られた経緯を知った。星華も瑠華も、龍王朝に虐げられることを宿命づけられた民族だ。彼らはどこまで自分たちをいたぶるのか。瑠華は、めまいすら感じた。

「や、嫌っ……星華、見ない、で……っ」

すでに一度見られているとはいえ、再び星華に痴態を見られることを瑠華は恥じた。星華は目をそらさない。浩宇が見ていろと言ったのだから、星華がそれに逆らうことはない。

瑠華は下穿きを身につけていない。閨では身につけないよう、浩宇が禁じたからだ。

片足を持ち上げられ、瑠華は恥部をあらわにさせられた。浩宇が、慣れた手つきでそこに触れる。

まだ昨夜の熱も引いていない花弁を拓かれ、瑠華はきゅっと目を閉じ、震えた。何か硬い、小さなものが、瑠華の花弁に押しこまれた。

「え、あ……っ?」

淫具とも違う、奇妙な感触に瑠華は戸惑い、目を開ける。突然、下腹を突きあげるような激しい性感が湧き上がった。

「ひっ、きゃぁぁっ⁉」

思わず瑠華は自分の両手でそこを押さえた。

陰核が、熱い。押さえた手の中で、小粒だったはずのそれがむくむくと大きくなっていく。

(あ、これ、は……っ)

軀が、変わっていく。何か別のものに、作り変えられていく。瑠華は乳房を揺らし、怯え、身悶えた。瑠華は『これ』を知っている。前に一度、星華の術によってされていた。

浩宇はそのことも忘れているのだろう。愉しそうに、瑠華に囁く。

「女を男にさせる実生だ。面白い趣向だろう?」

「あ、あぁ……っ」

瑠華は慄然と、自身のそれを見た。小ぶりで、浩宇のものと比べれば幼子のそれにも似た桃色の陽根が、健気に反り返っている。

(これだけは、二度と嫌だったのに……)

瑠華の変貌を、浩宇は目を細め見つめている。

「泣かずともよい。中のものを吐き出せば、元に戻る」

「きゃぅっ……！」

浩宇の指でぴんと弾かれて、瑠華のそれは透明な蜜を先っぽから飛ばした。あどけなく愛らしい顔をして、大きな乳房を揺らす瑠華の股間に陽根が生えている様は、やはり倒錯的だった。

「どういう感じがする？　瑠華」

「ひっ、嫌、ぁっ……いじら、なぃ、で……っ！」

浩宇の指でそれをしごかれ、瑠華は彼の手首を摑んで制止しようとした。抵抗も虚しく、子供じみた雄蘂は浩宇の手で包皮を剝き下ろされ、快感の芯を剝き出しにさせた。

「いつもより感じるか」

「んぅ、あぁーッ！」

構わず浩宇は、瑠華の亀頭に口づけた。ぬるりと舌を一周させられ、軽く吸われただけで瑠華は絶頂しそうになる。実際に、女の部分では達していた。

「い、嫌っ、出ちゃ、ぅぅっ……！」

女の身にはあり得ない、滾る熱さが下腹から陰部へと突き抜ける。それは勃起した雄蘂へと一気に集約していた。

「早すぎる。少し耐えろ」

瑠華の『射精』を禁じて、浩宇はその根元を金糸の紐《ひも》で結ぶ。帝しか使うことを許されない金糸で飾られれば、それはまるで捧げ物そのものの有様だ。

「おまえも舐めてやれ。星華」

浩宇は星華を、寝台に呼び寄せた。大人が三人乗ってもまだ余る広い寝台に、沓《くつ》を脱いだ星華がのそりと這い上る。

「い、嫌……や、だぁっ……」

「瑠華様、しばし、ご辛抱を……」

怯えて泣いている瑠華を、星華は精一杯、慰めようとした。

「う、うぅっ……」

瑠華は敷布を握りしめ、羞恥に耐えた。二人がかりでの愛撫が始まった。

浩宇が竿《さお》を可愛がると、星華は帝の望みを察し、瑠華の蜜孔に舌を這わせる。

「はぅっ、ン、ンッ……！」

裏側の筋に舌を這わせる愛撫を、瑠華は知っている。ただしそれは、浩宇の成熟したものに瑠華がさせられた行為だ。

今は、瑠華がそれをやられる側になっている。

（そこ、嫌……っ……熱い……っ）

亀頭も、裏筋も、以前と同じように、否、以前よりも感じるほどだった。もともと敏感だった瑠華の陰核が元になっているのだから、当然だった。仮初めとはいえ男のものは、女のものとは感度が違った。

「うぁ、ンッ！」

陽根は生えても、瑠華の女陰はそのままだった。その部分には、星華の舌がある。ちろちろと優しく擽られ、花弁を甘嚙みされて、瑠華は背筋を撓らせる。

浩宇は瑠華を極限まで高ぶらせると、その花弁に指を入れた。

「ふぅっ、ンンッ……」

濡れそぼち、疼く箇所を優しく抉られて、甘い声があがる。浩宇は瑠華の蜜孔を探りながら、星華に指示した。

「ここだ。ここを吸ってやれ」

「あぁっ、やめ、てぇっ……！」

浩宇の真意に気づき、瑠華はまた泣き声をあげる。浩宇の指が、瑠華の蜜孔の弱い部分を探り当てる。猫の喉を擽るようにそこを弄られながら星華に陽根を吸われ、瑠華のものが大きさを増した。

「あッ、きゃぁぅっ！」

浩宇も、星華も構わずに行為を続ける。陽根を吸われる音と、蜜口を弄り回される濡れた音が二重になって響く。

「やだっ、い、嫌、ぁぁッ……！　破裂、しちゃ、ぅうっ……！」

本当に、陽根が破裂しそうな気がした。射精する、などという生やさしいものではなかった。二人がかりでの愛撫に興奮しきった瑠華のそれは、星華の口の中で射精口をヒクつかせている。

「あ、ぅ、ひぃぃっ……！」

強すぎる刺激に、瑠華は気が変になりそうだった。

（やだっ……こんなの、変っ……！）

堪えようにも、堪え方を瑠華は知らない。

（また、きく、なって……あ、嫌っ、舌、ぐりぐりって、しない、でぇっ……！）

射精口を舌で抉られ、同じ間隔で女陰の中を指で抉られる。下腹はまるで煮えたぎるような欲情を溜《た》めていた。

なのに、絶頂できないのだ。陽根の根元を縛られているせいで。

「なかなか立派なものになったな、瑠華」

「きゃひっ……！」

ひとしきり瑠華を懊悩させると、浩宇は愛撫の手を休め、星華の口から解放された瑠華の亀頭をまた指で弾いた。瑠華のそれは高ぶりきって、蜜を飛ばしながら前後に振れた。

「せっかくだから、男の悦びも味わってみろ」

言いながら浩宇は体位を変えさせる。完全に浩宇の意図を読む星華が寝台に横たわり、従順に足を開いた。

「だ、だめっ……浩宇、いけない……！」

浩宇が何をさせようとしているのか察して、瑠華は血相を変える。が、星華はどこまでも浩宇に忠実だった。

「瑠華様、拙めにお気遣いは不要と申し上げました。拙は……平気です」

星華は蜜蝋《みつろう》のようなものを寝台の横から取り出し、自らの陰部に塗りこんだ。彼は本当に、そういう扱いに慣れているのだろう。そういう星華が歩んできた苦難を思い、瑠華は泣いた。

「う、く……」

浩宇が瑠華の軀を支え、星華と重ねる。勃起した瑠華の陽根が、ぴとりと星華の窄まりにあてがわれた。

「あァ、ンンッ！」

ぬぐりと、硬くなった瑠華の亀頭が星華の中へ沈みこむ。あまりの快感に瑠華ははしたなくも尻を振り立てた。

「やっ、ら、めぇぇっ……！」

「こら、暴れるな」

優しく告げて浩宇が瑠華の尻を押さえる。星華もそれに協力し、自ら進んで瑠華のものを受け入れた。

星華が手練れであるせいだろう。瑠華のものは、ぬぐぐと容易く星華の中へ挿入させられた。

「あっ、うっ、嫌ッ、嫌ああっ！　熱い、のぉっ……！」

熱く濡れているのにきつい肉襞に、瑠華のものが締めつけられる。口でされるのとも、指でされるのとも違う凄まじい快感に、瑠華は絶叫した。

「ゆっくりっ……息を……」

星華が瑠華を落ち着かせようとするが、慣れない瑠華は泣き喘ぐばかりだ。

「いいぞ、星華。そのままじっとして、瑠華を押さえていろ」

帝がぺろりと唇を舐めた。嗜虐的な笑みだった。

「あ、はぁぁっ……！」

星華に挿入したままの瑠華の尻を、浩宇が摑む。瑠華の女陰に、浩宇のものが入ってきた。

「んぅ、あぁーッ！」

熱く疼いていた空洞を満たされて、瑠華のそこがきゅぅっと浩宇に絡みつく。と同時に、星華の中で瑠華のものがびくびくと震える。

前と後ろ、両方の刺激に、瑠華の絶頂は止まらなくなる。

いつになく乱れる龍姫の艶姿《あですがた》に、浩宇は満足しているようだった。瑠華の首筋に、浩宇の舌が這う。

「女の悦びと、男の悦び、同時に味わえるだろう？」

「い、嫌、ぁっ……も、ぅ……っ」

瑠華の目は虚《うつ》ろだ。もう、何も考えられなかった。あとはただ、淫欲の波濤《はとう》に揉まれるだけだ。

「瑠華様っ……」

星華は乱れもせず、よく耐えている。が、その声には哀れみがあった。

「あぅっ！　あ、そこ、突かない、でぇっ……！」

瑠華の媚肉の感じる所で、浩宇の亀頭が滑っている。張り詰めた鰓《えら》でコリコリと捲り上げられて、女陰の絶頂が、男根へと流れこむ。

「あぅっ、んっ、あぅっ……！」

ぱちゅっ、ぱちゅっ、と腰を打ち付けられ、粘膜を突かれる音がする。そのたびに瑠華の軀も星華に打ち付けられ、その肉茎《にくけい》を刺激される。

「あ、は、あぁっ……」

浩宇の手が瑠華の根元に伸びた。金糸の紐が、外された。いよいよ絶頂が迫っていた。

「出すぞ、瑠華……おまえも、いっしょだ」

「い、あっ、ま、って、まっ……きゃぁぁぁうっ！」

ひときわ甲高く啼いて、瑠華は星華の中で仮初めの男根を絶頂させた。浩宇に雌孔を突き上げられ、子種を子壺に注がれながら、星華の中で陽根を爆ぜさせたのだ。子種を含まない仮初めの白濁が、星華の中に注がれているのだろう。

「くっ……」

初めて小さく、星華が喘ぐ。瑠華が、自ら腰を振ったせいだった。

「あ、あ、あっ……！」

短く啼きながら、瑠華は前後から与えられる絶頂を貪った。瑠華が腰を引くと、後ろにある浩宇のものが深く突き刺さる。それを恥じて前へ突けば、星華の肉筒で陽根がこすれる。

「ああっ……ひぃっ……」

最後に瑠華は、背後から浩宇に乳を搾られた。大ぶりの乳房を揉まれ、小さな乳首を指でつままれ、瑠華はそこから温かな乳を漏らす。それは星華の顔を白く濡らした。

想像を絶する淫らさに、さすがの星華も息を呑んでいる。

「ご、ごめ……ん、なさ……星、華……っ」

星華の顔を濡らしたことを、瑠華は息も絶え絶えの様子で詫《わ》びた。瑠華の痴態に見入っていた星華が、はっとしたような顔をする。

「なぜ下民に謝罪する。おまえの蜜を下賜してやったのに」

それは浩宇の不興を買った。さらに深く犯されて、瑠華は泣き濡れながら、星華の上に崩れ落ちた。

6　脱出

天空の宮城にも朝日は差しこむ。瞼の裏を光で刺激され、瑠華はその日も目を覚ました。薄く開いた目で、瑠華は格子窓の外を見る。

目に映る景色は、楽園そのものだった。鳥の代わりに翔《と》ぶのは魚で、雲の狭間には金箔《きんぱく》と花弁が舞う。女官たちが飛龍に乗って撒いているのだ。贅《ぜい》を尽くした趣向だった。

（きれい）

光の輪が雲の谷間を踊る。縫うように泳ぐ魚たちの鱗が七色に光る。贅沢《ぜいたく》が嫌いな瑠華でも、見とれずにはいられない景色だ。

けれども見とれてばかりもいられず、瑠華は重い体を起こした。

瑠華の起床を察知して、女官たちが朝餉《あさげ》を運んでくる。木の実の入った粥《かゆ》と果物、焼いて香草を添えた魚。砂を嚙むような気持ちで、瑠華はそれを口にした。食べなければこの先、体がもたない。

朝餉と、女官たちの手を借りた朝の湯浴みを終えると、瑠華にはすることがない。浩宇の姿は後宮になかった。朝儀に出かけているのだろう。

ぼんやりと外を眺めている瑠華のもとへ、訪れる者がいた。この後宮では椿事《ちんじ》に等しい。

「瑠華様。お客人をお通ししても？」

女官に問われて、瑠華は訝しく思ったが、断る理由もない。通して構わない旨を伝えると、女官に案内されて現れたのは星華だった。

「星華……！」

「お目通りに感謝いたします、瑠華様」

星華はまるで龍貴帝にするように、深く叩頭した。

星華との再開は、浩宇に抱かれた時以来だった。瑠華は嬉しくて駆け寄った。

「星華。体は……もう、平気なの？」

「はい。主上のご厚情を賜りましたゆえ」

星華は恭しく叩頭の礼をしたあと、顔も上げずに告げた。

「瑠華様。お人払いを」

「わかりました」

瑠華は女官たちを部屋から出て行かせた。監視役も務めているはずの女官を部屋から出すことは本来瑠華には許されていないが、どういう手段を用いたのか、星華は特権を得たらしい。宮中での振る舞いに、星華は長《た》けていた。

女官たちが出て行くと、星華は叩頭をやめ立ち上がる。瑠華は椅子を勧めたが、星華はこれも固辞した。

自分にそっくりな顔が自分を見ている。瑠華は、ずっと不思議な気持ちだった。とても他人とは思えない。他人であるどころか、瑠華と星華はまるで違う民族なのだ。瑠華とは違う色の瞳が、毅然と瑠華を映して告げた。

「時間がございません。単刀直入に申し上げます。瑠華様、お逃げ下さい」

その言葉に、瑠華ははっとして入り口のほうを見た。人の気配はない。が、こんな話を聞かれたら、瑠華はともかく星華の命はないだろう。

しかし星華は首を振った。

「宦官の一人を抱きこんでございます。心配はご無用」

「ど……」

どうやって、と聞きかけて、瑠華はやめた。

それは、聞いてはいけないことのような気がしたからだ。星華のまなざしには、瑠華が持ち得なかった覚悟があった。

(慰み者にされるために、狩られる民族――――)

瑠華も星華も、そういう星の下に生まれついてしまっている。瑠華はその宿命を終ぞ受け入れられなかった。しかし、星華は受け入れたのだ。あまりにも痛ましい覚悟だった。男性器を切り落とされてもなお、宦官は劣情を捨てないのだ。

星華はそういう瑠華の内心をも読んでいた。

「恥ずべきこととは思いません」

「あなたは、立派だわ。……わたしよりも」

思わず瑠華はうなだれた。何もできずに手をこまねいている自分と比べて、星華はなんて立派なのか、と。彼は、自分の身が汚れることさえ厭わない。

星華は瑠華に、手はずを伝えた。

「瞳の色を変える水晶を手に入れましてございます。拙と瑠華様の違いは、雌雄の他には瞳の色のみ。服を脱がずにいれば、帝とてお見分けはできますまい」

「でも……」

と、瑠華は口ごもる。ここは後宮だ。寵姫としての『務め』をかわすことなどできないではないか、と。

星華が瑠華に顔を近づけ、声を潜めた。彼からは瑠華と同じ香の匂いがした。帝に愛されるために、寵姫は帝の好みのものを身につける。星華のそれは、特別いい香りとして鼻腔に届いた。

「あなた様は主上のご寵愛を一身に受けておられる。拙は、主上にこう申し上げます」

星華は情感をこめて、その言葉を口にした。真似《まね》る声色は、瑠華にそっくりだった。しかも、瑠華より婀娜めいている。

「わたしに触れれば、舌を嚙んで死にます、と」

なるほど、そうやって寵姫としての『務め』を拒否するのかと瑠華は合点したが、それでもまだ不安は残った。

「浩宇は、言うことを聞いてくれるかしら」

「拙めは瑠華様よりは口が巧い。それで三日は保たせてみせます」

自信を持って、星華は請け負った。言われてみれば確かに、星華は瑠華よりもずっと賢い。

「その間に瑠華様は援軍を呼びこみ、宝物庫を襲って下さい。そこに龍封じの魔石を砕く短剣があるはず」

浩宇の額に埋めこまれた『龍封じ』さえ砕ければ、浩宇を再び味方にできる。計画としては、理想的だ。瑠華は承諾した。

最後に瑠華は、どうしても気になることを星華に尋ねた。

「どうしてあなたが、そこまでしてくれるの？」

「それが、帝の御身と、ひいては中華大陸のためにもなるからです」

星華は、私心では動いていないのだろう。瑠華は、自身と故郷のことしか考えられなかった自分を恥じた。星華は今、中華大陸のためと言ったのだ。

「さあ、早く。迷っておられる時間はございません」

星華は手早く服を脱いだ。瑠華と服を取り替えるためだった。


星華に化けた瑠華は、帝の閨を『辞去』し、彼から教えられた通りの道筋を辿《たど》った。

（落ち着いて……落ち着いて……）

自然と呼吸が浅くなる。瑠華は自分を落ち着かせようと、頭の中で念じ続けた。不審な動きをしてはいけない。星華の苦労が水泡に帰してしまう。

（飛龍の厩《うまや》まで行けば、星華が手配した飛龍に乗ってここを出られる）

後宮を出て、宮城の中を歩いたことなど瑠華にはほとんどないのだ。唯一、通過した経験といえば、赤英軍としてここへ踏みこんだ時くらいだった。あの時は浩宇がいっしょだった。

途中、幾人かの宦官や衛士とすれ違ったが、誰も瑠華に気づかない。皆、官服を着て瞳の色を変えた瑠華を星華だと信じている様子だった。星華は官位につきながら、瑠華に次ぐ愛妾《あいしょう》として、この銀鱗宮に確固たる地位を築いたらしい。

長い回廊を降りて、瑠華は無事、飛龍のつながれた厩に辿り着いた。厩の当番兵が恭しく出迎える。

「星華様。お待ちしておりました」

瑠華は返事をせず、うなずいて、星華に言われた通り砂金の粒を見張りの兵に渡した。どうやら星華は何日も前から、こうして賄賂を渡し見張りを手懐けていたらしい。しかも、わざと声を出さずに暮らすという周到ぶりだ。これで『声を出さない』ことへの違和感はなくなる。

(行ける……これで、逃げられる)

瑠華の心音は最高潮に達した。まずはここから逃げ出して、赤英たちと合流し、援軍を呼ぶ。宝物庫の場所も、星華は教えてくれた。ただし期限は三日間だ。

(大丈夫。赤英たちとはいざという時の合流地点は決めてある。この飛龍は最高に速い飛

龍だもの）

不慮の事故にでも巻きこまれない限り、行けるはずだ。星華の計画は完璧だった。

翼を広げ、飛龍が雲海に向けて飛び立つ。上空の冷たい空気が、瑠華の頬を刺した。

少し飛ぶと突風が吹いた。生じた気流に巻きこまれそうになった飛龍が、翼を震わせ、均衡を取り返す。

瑠華はしっかりと手綱を握りしめ、飛龍の背中に掴まった。よく飼い慣らされている飛龍だが、気流による揺れは避けられない。

瑠華はふと、名前を呼ばれたような気がして、後ろを振り向いた。銀鱗宮はすでに遠く、雲に隠れている。

「……？　気のせい？」

風の音がそう聞こえたのだろうか。一度はそう思い直し、前へ向き直した。

が、やはり声は聞こえてきた。耳に、ではなく、頭の中へ、直接。

「……浩宇⁉」

もう一度、瑠華は振り向いた。遠い雲の向こうに、黒い粒のような影が見えた。影は、みるみる瑠華のほうへ近づいてくる。近づくにつれて、巨大化する。

（浩宇！　あれは、浩宇だわ！）

雲を切るように、黒鉄に光り輝く鱗。間違いないと瑠華は確信した。龍に変化した浩宇だ、と。

（浩宇、変化できるようになったの⁉）

浩宇はずっと、龍に変化できなかったはずだ。そのせいで赤英軍の攻略は遅れた。原因は不明だったし、快癒したという話も聞いていなかったが、とまれ浩宇は龍に『戻れた』ようだった。

（だけど、どうしてあんな小さな龍に？）

距離が縮まるにつれ、瑠華はその姿に違和感を見つけた。

龍貴帝浩宇はまがうことなき巨龍であったはずなのに、今、瑠華に向かって飛来してくる彼は、飛龍と変わらない大きさだった。

「待って、浩宇！」

また突風が吹いた。飛龍の体が、きりもみする。

「必ず戻るから！」

瑠華は浩宇に向かって叫んだが、風の音にかき消され、届いてはいないだろう。小龍に姿を変えた浩宇に、懸命に瑠華は伝えようとする。

「逃げ出したのではないの！　浩宇、あなたは、記憶を……！」

記憶を、奸臣たちに改竄されている。それを取り戻しに行くのだと言っても、今の浩宇には通じないだろう。

(星華は足止めに失敗したの⁉)

おそらく、そうだろう。浩宇はすぐに星華と瑠華が入れ替わったことに気づき、文字通り飛んできたのだ。瑠華を追って。

「――――あっ!」

竜巻のような乱気流が、目の前で発生した。瑠華の髪が、天空に向けて逆立った。

鞍《くら》が千切れ、瑠華の体が空中へ投げ出される。短い悲鳴をあげただけで、瑠華は気を失った。飛龍はしばらく旋回していたが、乱気流の中、落下していく瑠華を受け止めに行くだけの速度はない。

それができるのは、龍貴帝の変化した龍だけだった。

風を切り、浩宇の龍体が垂直に墜ちるように飛ぶ。

(……浩宇?)

瑠華は失いかけた意識の中で、浩宇の気配を感じた。いつの間にか瑠華は、浩宇の気配を感じ取れるようになっていた。離れていても、どこにいてもだ。

無意識に瑠華は、浩宇の龍体にしがみついていた。そうすることが、自然に思われた。

7　最後の歌

冷たい石清水《いわしみず》が、瑠華の頬を打った。それで瑠華は目を覚ます。

「……ん」

苦しさに、瑠華は寝返りをうった。硬い岩の感触が、背中の下にあった。皮膚をこすられる痛みで、瑠華は覚醒した。

「……浩宇？」

目覚めてすぐに、名前を呼んでみる。それが自然な気がした。返事はない。代わりに誰かの金色の瞳がこちらを覗きこんでいる。

（誰……？）

確かに浩宇の気配がするのに、浩宇がいない。そこにいるのは、十二歳くらいの子供だった。浩宇と同じ髪の色。同じ金色の瞳。浩宇によく似た、子供だった。

「無事か」

幼い声で、その子供は瑠華に問いかけた。子供っぽいのは当たり前で、実際、彼は子供なのだ。けれど。

「……浩宇っ？」

瑠華は思わず、跳ね起きた。それは、確かに『浩宇』だった。中華大陸に帝は一人しか存在しない。帝の寵愛を受け続けるうちに、瑠華にはその唯一無二の存在が感じ取れるようになっていた。

「無事でよかった」

浩宇の気配を身にまとったまま、少年は瑠華の頬を撫で、安堵のため息を小さく漏らした。瑠華はまじまじと彼を見つめた。

「浩宇、なの……？」

「ああ」

と、彼は自分の体を見回した。

「力が足りない。この大きさにしか、戻れなくなった」

「そういえば、龍の姿の時も小さかったけれど……」

「変化することはなんとかできるようになった。が、同じ理由だ。やはり元の大きさに戻るには、力が足りなかった」

「……可愛い」

思わず瑠華は、心の底から呟いていた。見とれている場合ではないのに、つい見とれてしまう。子供の姿の浩宇は、なんて可愛らしいんだろう、と。

瑠華の感想に、浩宇がむっとする。

「帝に向かって、可愛いとか言うか？　不敬だぞ」

「ごめんなさい。でも、待って、今、どういう状況……？」

瑠華はまだ混乱していた。そもそもここはどこなのかと、改めて辺りを見渡す。

辺りは一面、岩壁だった。ほの青い苔《こけ》が、岩肌の其処彼処《そこかしこ》に付着して、薄明かりを放っている。岩穴のようだが、天井は抜けていた。上を向くと、遠く高い空が見えた。夜だった。満天の星が見える。が、その空はあまりにも遠かった。

深い、深い穴の底に、瑠華と浩宇はいた。

小さな浩宇が、星を見上げて説明した。

「龍穴。龍の生まれる孔。この星の、真ん中だ。龍の生まれる穴でもある。人知の及ばぬ神域だ」

「龍穴……」

瑠華は口の中で復唱する。瑠華たち瑠璃族の知らない世界の話のようだった。改めて浩宇の顔を見直した時、瑠華はその額に変化を見いだした。

「あっ、浩宇、額の石が……！」

浩宇の額に埋めこまれていた、龍封じの青い石が消えていた。浩宇は子供らしい小さな指でそこを押さえた。

「龍穴に墜ちたお陰で、砕けた。ここは龍の聖域だ。封殺は効かない」

「そんな方法が、あったの……」

それさえ知っていれば宝物庫を襲う算段などしなくても済んだはずだが、浩宇はそんなことは一言も言ったことがなかったし、おそらくここは、龍にとって大切な、秘密の場所なのだろう。おいそれとは話せないはずだ。星華が知らなくても仕方がないし、星華が知らないのなら宮中の誰も知らないだろう。

「わたしたち、空からこの穴に落ちたのね」

「ああ。瑠華を抱えて墜落して、無事に着地できる場所はここしかなかった」

またしても浩宇に命を救われたのだと知って、瑠華は罪悪感に胸を痛めた。

「ごめんなさい。また、わたしのせいで……」

「別に瑠華のせいじゃない。俺がそうしたかったから、した」

子供の姿に変わっても、浩宇の言葉には迷いがない。瑠華は地べたに座り、小さな浩宇を抱き寄せた。彼が寒そうに見えたからだ。瑠華の胸に抱かれて、浩宇は気持ちよさそうに目を閉じる。

浩宇の髪を指で梳《す》きながら、瑠華は尋ねた。

「龍封じの魔石が砕けたのは、この龍穴に落ちてからでしょう。宮城を飛び出してきた時にはまだ記憶は封じられていたはずなのに、どうしてわたしを追ってきたの？」

「わからない。覚えていない」

瑠華の質問に、浩宇は淡々と、淀《よど》みなく答える。

「だけど、瑠華に会いたかった」

それを言う時だけ、浩宇は子供の顔をした。

「瑠華がいなくなって、悲しかった」

「……ごめんなさい」

瑠華は両手で、浩宇の頭を強く抱きしめた。浩宇が悲しめば、瑠華も悲しい。こんな子供の姿で言われれば、余計に胸を抉られた。

子供の姿になった浩宇の髪は、大人の浩宇より、少しだけ柔らかい手触りだ。

「わたしと星華が入れ替わっているって、どうしてばれたの？」

「どうしてばれないと思ったんだ」

質問に質問で返されて、瑠華はちょっとだけ呆《あき》れた。浩宇にとっては説明するまでもない、当たり前のことらしい。妙に力強く、彼は断言した。

「瑠華と星華は、全然違う」

「でも、見た目じゃわからないはず……」

匂いまでごまかしたのに、と瑠華は食い下がる。瑠華の膝に、浩宇は頬ずりをした。

「目つきが違う。星華は厳しい。瑠華は、優しい」

（そうかしら……？）

星華の演技力は、並大抵ではなかった。浩宇以外の者は、全員騙せたのだ。その説明じゃ瑠華は納得がいかない。

とどめを刺すみたいに、浩宇が言った。

「好きだから、わかる」

「浩宇……」

そう言われれば、瑠華にだって心当たりはあった。小龍に姿を変えても、瑠華はそれが浩宇だと一目でわかったのだ。自分たちはずっと、分かちがたい一つのものだったのだと瑠華は理解した。

「瑠華……」

また甘えるように、すり、と浩宇が瑠華の膝に頭をすり寄せる。

「ごめんね、浩宇……」

何度も瑠華は謝罪して、彼の頭を撫でた。

可愛い。愛しい。瑠華は、苦しいくらいだった。

瑠華ははっきりと、自分の望みを自覚した。

(浩宇の子を、産みたい)

龍王朝の子を産みたいのではなく、他でもない浩宇の子を産みたいのだ。それが瑠華の、最大の望みだった。瑠華は希望に顔を上げた。

「いっしょに逃げよう。浩宇」

あの時言えなかった願いを、今、瑠華は余すところなく口にした。

「わたしのために、龍王朝を捨てて」

「わかった」

浩宇は即答した。

「瑠華が望むなら、そうする」

「ありがとう……」

瑠華は泣きながら笑った。

迷いが消えて、希望を手にした時にはもう、叶わない夢だとわかっていた。

(きっとここからは、出られない)

竜穴からは出られない。永遠に。

浩宇にはもう、飛び立つ力が残されていないのだ。

気配すら感じ取れるほど『龍』である浩宇と一体化した瑠華には、浩宇がどれほど弱体化しているか、我がことのように感じ取れた。

(浩宇は、もう飛べない)

そして、ここは浩宇が言う通り、神域なのだ。人はやってこない。つまり、助けも望めないということだ。

龍貴帝はここで朽ちる。崩御する。

中華大陸は荒れ、銀鱗宮は帝を喪《うしな》い、墜ちるだろう。

それでもいいと瑠華は思った。世界中と引き換えにしてもいい。咎人《とがびと》になってもいい。

ただ、瑠華は浩宇だけが愛しかった。

(もっと早く、浩宇を選べていればよかった)

結局自分は何も救えなかったと瑠華は思った。故郷も、愛しい人も、仲間たちも。

慚愧《ざんき》の念に震えながら、瑠華はずっと、浩宇を抱きしめる。浩宇より先に死にたいと思った。けれど、浩宇を一人ぼっちで残すのも痛ましかった。二人で同時に死にたい。それが最後の望みだった。

「ん……」

浩宇が上体を起こし、瑠華の唇を求めた。瑠華はそれに応じた。

「……ん、ん……っ」

深い、深い口づけに、唇が捩《ねじ》れあう。

同時に胸をまさぐられ、瑠華は身じろいだ。

「あ……」

官服の前をはだけられ、あらわにされた乳房に浩宇の手のひらが這う。子供の姿の浩宇にそうされるのは倒錯的な感じがしたが、贖罪《しょくざい》の気持ちで瑠華は好きにさせた。ぬるりと舌が、乳房に這う。すっかり敏感に変えられてしまった乳首にも舌を這わされ、執拗に吸われ、瑠華は戸惑いに身を捩った。

「だ、だめ、浩宇……っ……そんな、に、吸っ……たら……」

「瑠華のお陰で、龍に戻れた」

「やっ……ん……っ」

口にくわえられたまま喋られて、歯や舌が不規則に当たる感触に、瑠華のそこはますます硬くなる。構わずに浩宇が続ける。

「龍になれなかったのも、瑠華のせいだ。三月もの間、瑠華を抱けなかった」

「そ、れは……？」

確かに、赤英の根城にいた間は、浩宇は瑠華を抱かなかった。浩宇はその理由を初めて述べた。

「あんな汚らしい場所で、瑠華は抱けない」

「き、きれい、だったわ、あの、ねじ、ろ……あ、ンンッ……！」

銀鱗宮と比べたら、世界中大体どこだって汚いだろう。が、浩宇にそういう『常識』は通じない。

さらに浩宇は、途轍《とてつ》もない真実を暴露した。

「瑠華の、体液。あれが龍の、精気の元だった」

「そう……だったの？」

知らなかった、と瑠華は目を瞬かせる。初耳だった。ただ、自分は嬲られているだけなのだと瑠華は信じていた。

（歴代の瑠璃族の姫たちだって、同じように思っていたはずだわ）

だったら、と瑠華はある可能性に思い当たったが、浩宇の愛撫がそれを言わせない。

「瑠華のせいで龍になれなかった。責任を取れ」

「それ、は……っ……ン……ふ……っ」

勝手なことを言って浩宇は、瑠華の下肢へ手を伸ばし、下穿きごと脱がす。瑠華は素直に足を開いた。浩宇を、拒みたくなかった。

「あ、ぅっ……」

ちゅく……と濡れた音をたて、細い指が瑠華を犯す。いつもの浩宇とは違う感触が、瑠華を戸惑わせ、余計に感じさせていた。

「ま、待っ、て、浩宇……」

最後の理性を捨てきれず、瑠華は浩宇の手首を摑む。その手首だって、浩宇のものとは思えないほど細い。

彼らしくもない、遠慮を含んだ声で浩宇が聞く。

「この姿では、だめか」

「……っ……」

瑠華の瞳が揺らぐ。どんな姿になっても、浩宇は浩宇だ。ただ躊躇うのは、自分の心が揺らぐせいだ。瑠華は自分の心に楔《くさび》を打った。

「いいの……好きに、して」

いざなうように、瑠華は浩宇を抱いた。

「全部、浩宇の、ものだから……わたし、は……あッ……」

瑠華の赦しを得ると、浩宇は無遠慮に瑠華の軀をまさぐり始めた。乳を吸いながら花弁を弄くり、瑠華の胎内から蜜を搾取する。太股の間に顔をうずめ、少年の浩宇は瑠華の花弁に舌を這わせることさえした。

「あ、あぁっ……！」

いつものような抵抗を、瑠華は心理的に封じられていた。思い切り暴れたり、軀を仰け反らせたりしたら、小さな浩宇を突き飛ばしてしまいそうだったからだ。

「あ、あァ、ん、ぅっ……噛んじゃ、だめ、ぇっ……」

瑠華が大人しいのをいいことに、浩宇は好き放題に瑠華のそこを味わう。淫芽の尖りを小さな前歯で挟まれ、瑠華のそこは随喜に震えた。

「ひ、あぁっ……！」

口淫だけで、瑠華は一度達した。哀れなほど感じやすい軀だった。もはや瑠華の軀は、帝のために造り変えられていた。

瑠華の様子に触発されたように、浩宇が下穿きを下ろす。子供の姿になったせいで、浩宇の服はぶかぶかだった。

晒された下肢を見て、瑠華はどきりと心臓を跳ねさせた。

見慣れた浩宇のものとは違う、小さな雄蘂がそこにあった。それでも瑞々《みずみず》しく張り詰めて、勃起している。

少年のものとしてはずいぶん大きいほうなのだろうが、瑠華は浩宇以外の男を知らない。かろうじて知っているのは星華のものだが、彼は立場上、瑠華にそれを挿れたり口にくわえさせたりはしなかった。

禁忌を犯しているような感じがした。浩宇は、瑠華よりも年上のはずなのに。今は、肉体だけが違うのだ。

「やっぱり、まずい……?」

「今さらそんなことを言うな」

浩宇が拗ねるから、瑠華はつい、流されてしまう。

「ん……そう、よね」

禁忌なんてない。ここには二人しかいないと瑠華も思い直す。

浩宇が挿れやすいように、瑠華は地べたに這った。

「もう、だい、じょうぶ……濡れてる、から……っ」

四肢を這わせ、瑠華はくぱ……と浩宇が挿れやすいように自ら指で花弁を拡げる。浩宇はしばし、瑠華のそこに見入っていた。

「……きれいだ」

「な、何を、今さら……っ……あ、あんまり、見ない、で……っ」

恥ずかしいのだ、と瑠華は身悶えた。浩宇は構わずに、自分のために差し出されたそこを眺め、指で愛撫する。瑠華が自分で拡げた蜜孔に指を呑みこませ、ちゅくちゅくと愛液を掻き回す。淫芽をつまむ指先は、濡れすぎていて滑った。浩宇の指の腹で、瑠華の淫芯がこりっと凝る。

「ひぁあっ……！　い、ゃっ……もぅっ……いたずら、しなぃ、で……っ」

顔を真っ赤にして、瑠華は懊悩した。

ようやく浩宇が、いつもとは違う勃起を瑠華のそこに押し当てる。待ちかねていた淫行に、瑠華のそこは淫らにヒクつき、小ぶりの亀頭に吸いついた。

「ゆ、ゆっ、くり……ゆっくり、挿れ……きゃぁうっ！」

浩宇は瑠華の言うことを無視して、瑠華の尻を摑み、一気に突き入れた。ぢゅぷっ、と愛らしい音をたて、根元まで浩宇のものが埋まる。

何度も抱いたはずのその軀に、浩宇はまだ、陶酔している。根元まで挿れてもまだ足りない、とでも言うように、ぐりぐりと腰を押しつける。

「瑠華の中、気持ち、いい……」

「あ、ぁ、は……っやあぁっ……そこ、当たっ、ちゃ、ぅぅ……っ！」

いつもの浩宇のものより格段に小さいが、それがちょうど、瑠華の感じる箇所をもどかしくこすった。

浩宇が動くと、ちゅぷっ、ちゅくっ、といつもより愛らしい音がする。

「は、あぁぁっ……！」

いつもよりずっと甘ったるい交接に、瑠華は陶酔した。瑠華の花弁が漏らす愛液が、浩宇の局部までもをねっとりと濡らす。入り口の、感じる箇所ばかりを執拗にこすられて、瑠華は絶頂を繰り返す。

「ン、ンッ、あ……！」

「……ッ……」

絶頂に痙攣する蜜襞に包まれて、浩宇もいつもより容易く達した。小さく息を漏らし、浩宇は瑠華の中に白濁を放つ。

「はぁっ……は、あぁっ……」

激しい息をしながら、瑠華はうつ伏せに崩れ落ちた。浩宇は自身を引き抜くと、瑠華に膝枕をねだった。瑠華はそれに応じて座り、浩宇の頭を膝に抱いた。ただ、ただ浩宇が愛しかった。

瑠華の膝で安らぎながら、浩宇は瑠華にねだった。

「瑠華の声が聞きたい。何か喋れ」

「そう、ね……」

うっとりと優しく、浩宇の髪を撫でながら、瑠華は考えた。浩宇と一番たくさん話すことができたのは旅の途中で、後宮に召し上げられてからは、まともに会話ができたことはなかった。本当は瑠華はずっと、浩宇と話したかったのだ。他愛のないことも、大切なことも、どんなことも全部。

けれども今は、言葉よりも相応しいものがあるように思われた。

「これね、瑠璃族にずっと伝わっている歌なの……」

最後に、歌を。

瑠華は自然にそう思った。龍王朝を滅ぼす象徴としてずっと禁じられた歌が、瑠璃族には伝わっていた。

「歌っても、いい？　子守歌ではないけれど」

「ああ」

浩宇が、気持ちよさそうに目を閉じる。

「聞きたい……」

瑠華の膝枕で眠りに落ちる浩宇に、瑠華はその歌を捧げた。

瑠璃族の歌は、滅びの挽歌《ばんか》だと瑠華は聞いていた。遠い昔に歌われた、憎き龍王朝を滅する歌だと。

けれど瑠華の口から奏でられれば、そんな伝承が嘘のように、歌は優しい響きとして空に放たれた。

澄んだ歌声が、龍穴に響き渡る。歌は風に乗り、星まで届きそうだった。

(浩宇、眠ってしまったの?)

瑠華の膝の上で、寝息が聞こえた。あまり眠らない龍の、珍しい安眠だった。

ひとしきり歌い終えると、岩壁に背中を預けた。このまま従容と、終わりを受け入れるつもりだった。悔いはなかった。最後にこうして浩宇といられることで、瑠華の心は救われていた。

燐光《りんこう》が、二人を包み始める。瑠華はそれを、夢の景色のように見ていた。浩宇の頭を膝に抱いたまま、瑠華は暗闇に手を伸ばし、舞い散る光を掴もうとした。指先に触れるそれは温かかった。

「浩宇……?」

眠っているはずの浩宇の背中が、震えた。燐光は、浩宇の背中に蝟集《いしゅう》を始めていた。瑠華は夢を見ているようだった。もしかしたら自分たちはすでに息絶えていて、これは死後の世界なのではないか。そう疑うほどだった。

極小の燐光はやがて一つの塊となり、浩宇の背中で龍の翼を形作った。まばゆさに、瑠華は腕で目を覆う。視界を閉ざした時、膝の上から浩宇の気配が消えた。

瑠華は慌てて目を開けた。探し求めるまでもなく、浩宇の姿は目の前にあった。

けれどそれは幼子の姿ではなく、雄々しい翼を持つ、巨龍の姿だった。

「浩宇――」

神々しいものを見上げる視線で、瑠華は浩宇を見た。乗れ、と浩宇が目で合図した。

中華大陸の覇者は大きくその翼を広げ、瑠華を乗せて天空を目指し、龍穴から飛び立った。

◆◇◆

「何やってんだオラぁぁ！」

銀鱗宮に、赤英の胴間声が響き渡る。瑠華はそれを、塔の上から浩宇と肩を並べて聞いていた。あまりにも大きくて、遠くまで聞こえるから、困ったものだと瑠華は肩を落とす。

「赤英は優秀な将で間違いないんだけど。あの喋り方はやはり、将軍として相応しくないんじゃないかしら……」

赤英はもともと豪商の出身なのだから、もう少し宮仕えに相応しい発話ができるはずだった。が、長年の盗賊暮らしがよほど性にあっていたらしく、その癖が抜けきらない。

「あの男が望んだんだ。勝手にやらせる」

瑠華は一応伝えてみたが、浩宇は取り合わない。彼は彼なりに、赤英に恩義を感じているのかもしれない。何せ赤英は、李弓をはじめとする奸臣から龍王朝を奪還した立役者だ。

(だけど、巨龍に変化した浩宇がいなかったら、やっぱり取り戻せなかった)

そこまで赤英に遠慮しなくていいんじゃないかとも瑠華は思ったが、よくよく考えてみれば、他に適任がいないのだ。多分浩宇は、赤英を出世させたかったのではなくて、禁軍の仕事を押しつけたかっただけなのかもしれないと気づき、これ以上何も言わないことにした。

(今の銀鱗宮には、人手が足りないもの)

何せ浩宇が放逐されている間に、李弓に服従しなかった臣たちは根こそぎ殺されてしまった。なんてことをしてくれたのかと、瑠華は今でも許せない気持ちで一杯だった。お陰で、龍王朝は一度存亡の危機に瀕した。

「赤英の如き筋肉バカでも、いないよりはマシだ。それに、あれはあれで案外繊細なところもある」

瑠華の内心を読み取って浩宇が言ったが、その言葉の裏側に、瑠華は浩宇の信頼を読み取っていた。

「何よりも見た目。見た目が銀鱗宮に似合わないのよね、赤英は」

そう言って瑠華は笑った。繊細な調度で飾り立てられ、優美に尾鰭《おびれ》を翻す魚に囲まれた天空の宮城に、赤毛の筋肉男がいる。官服だって似合わない。

けれどそれは、この上なく平和な光景だ。

（星華なら官服もよく似合っていたけれど。星華を引き留めることは、できないものね）

銀鱗宮の奪還後、星華は浩宇が与えようとした官職も領地も辞して、遙か西の故郷へ帰っていった。焦土となれど、星華たち星詠みにとってその土地が故郷であることに違いはない。吟遊詩人になるのだと星華は言った。それが星詠みの一族にとっては、最高の栄誉なのだと。

「ふふ……」

自然と、瑠華の口から微笑みが零れる。浩宇が不思議そうに瑠華を見る。

「どうした」

「なんでもない」

一人で笑って、瑠華は浩宇の肩に身を預ける。

ただ、瑠華はこうして浩宇といられることが幸せだった。苦難の日々も今はもう遠い。

(あの龍穴で、朽ちてもいいと思ったのに)

不可思議な燐光に包まれた地底の龍穴から、浩宇は飛翔《ひしょう》した。浩宇は龍穴で瑠華と交わって、巨龍としての力を取り戻した。

目を閉じると、歌が聞こえる。瑠璃族に伝わる、子守歌だ。


『龍を封じる魔石は、瑠璃色だった』


後に浩宇に言われ、瑠華ははっとした。すでに誅《ちゅう》せられた李弓によって錬成された龍封じの魔石は、まさしく瑠璃族を象徴する色だった。李弓はそれを、瑠璃族の血肉から錬成していた。

瑠璃族が龍を滅ぼすという伝承は、一面では真実だったのだろう。浩宇が龍に変化できなくなったのは、赤英の根城で三ヵ月の間、瑠華を抱かなかったせいだ。

瑠璃族は龍に、力の源となるものを与えることができる。供給を得られれば龍は神にも等しい異能を発揮するが、反面、それを絶たれれば一気に弱体化する。そういう危機と表裏一体だった。だから神龍は瑠璃族に執着せざるを得ない。

『殺したいと思うのは』

瑠璃族と神龍の、断ちがたく絡みあう因果を知った浩宇は、龍穴から飛び立つ時瑠華に語った。

『愛しいと思うことと、表裏一体だ。少なくとも、龍《おれ》にとっては』

確かにそうだと瑠華も思った。瑠華もまた、一度は浩宇の命を狙った。断ちがたいものだから、自分の手で断たなければいけない。そういう衝動に、突き動かされた。

三千年の呪いは断たれた。からくりを知ってしまえば至極単純なことだった。

(ただ、愛しあうだけでよかった)

ただそれだけで、終わる呪縛だった。

浩宇の肩に身を預け、甘える瑠華に浩宇が甘え返す。立ったまま、浩宇は瑠華の軀をまさぐる。高い塔に、兵や女官たちの声が聞こえてくる。宮中で働く者の中には、瑠璃族の姿もあった。

瑠華は龍貴帝の后として、やんわりたしなめた。

「赤ちゃんに障るから、少しだけ……ね？」

「わかっている」

浩宇は瑠華にだけ、子供っぽく拗ねてみせる。浩宇が手をあてがっている瑠華の下腹部には、新しい命が宿っていた。

もうすぐ龍王朝に、継嗣が生まれる。その子の目は瑠璃色だろうと、瑠華は予感していた。龍王朝に初めて、青い目の帝が立つ日も遠くない。

瑠華はもう後宮には棲まない。龍貴帝、浩宇の隣に立つ后であり、国母となる。

「あっ……もう……っ」

下穿きを下ろされ、軀を求められて、瑠華は浩宇の手を摑む。浩宇は、気が急いているようだった。

「子は何人いてもいい」

「今はまだ、先の話……でしょう？」

下腹を撫でる浩宇の手に自分の手を重ね、瑠華は幸福に微笑んだ。

瑠璃族の呪いは消えた。

瑠璃族は、龍を滅ぼす亡国の民ではなかった。

瑠璃族の声で奏でられる歌は、龍を生かすための歌だ。

星詠みは、去り際に言い残した。

『龍貴帝がお隠れにならなかったのは、瑠華様のお力です。瑠璃族の女は、瑠華様は、龍王朝にとって救国の巫女《みこ》でありました』

魚たちが宙を往く。

天空に、瑠璃族の歌が響き渡る。

あとがき

お久しぶりです、水戸《みと》です。エロティクスシリーズ（いつの間にかシリーズになっていた）、三冊目です。シリーズとはいっても、全部読み切りなので一巻二巻とかではないです。お好きなものからお読み下さい。

四冊目なに出しますかねーと担当さんと話していて出たタイトルが『エロティクス課長』。エンペラーからだいぶ降格した。嘘です。それただのセクハラ野郎の別称にしか聞こえないし。『エロティクスCEO』。これならアリだという結論に達しましたが、社内コンプライアンス的に大丈夫なんすかねこのご時世、ってピザ食べながら話し合いました。

ジュエル文庫さんの入っているオフィスがえっっらいこと豪華で、住みたかった。棲み着きたかった。なんでお前はジュエル文庫さんのオフィスを知っているんだと聞かれると困るんですが（改稿が終わらなかった……）、とにかくジュエル文庫さんのオフィスはめっちゃいい。ここならエロティクスCEOが棲み着いていても問題ない。まあでも帰れよ家に、上司が先に帰らなきゃ部下も帰りにくいだろ、とかいろいろ想像してました、脳内のCEOに対して。そういう忖度みたいなのって外資系の会社でもあるのかしらとどうでもいいこと考えてました、ピザ食べながら。なぜかオフィスでピザが出る。宅配ピザじゃないんだよ、焼いてくれるんだよ、レンタルオフィスのお姉さんが、肉の入っていないピザを……たぶんＣＥＯがヴィーガンだから肉の入ってないピザを……そのオフィスに私は唐揚げを持って通いました。だって一日仕事だしさ～お弁当持って行かないとこのオフィスはセキュリティが厳しすぎて部外者は一度外に出ちゃうと簡単に入れないしさ～などと言い訳して。結論から言うと誰も食べてなかったね、唐揚げ。オシャレンタルオフィスでは誰も唐揚げとか牛丼とか食べないね。格差社会だね。私の知っているレンタルオフィスとは明らかに違う。電話で怒鳴って債権の切り取りしてる人とかがいないレンタルオフィス。なんかもう空気が良かった。南アルプスの山々みたいだった。高層の窓からスカイツリーと防衛省が見えたので「三島《みしま》はちゃんと原稿上げてから切腹したんすかね」聞いたら「ちゃんと『豊饒《ほうじょう》の海』の最終回を書き上げてから切腹してます」言われてムカついた。そんなことでムカつくんじゃありません！　文庫一冊の改稿にこんだけダラダラ時間かけて他人様の会社にお邪魔してピザまで食べて！　まったくこの子はもーいつ大人になるの⁉　って脳内のお母さんが怒った。

末筆ながら、今回も素晴らしいイラストで華を添えて下さった幸村佳苗《ゆきむらかなえ》先生、ありがとうございました。幸村先生の描かれる女子の曲線美がマジやばい素晴らしい……‼　幸村先生のスケジュールを確保し、クズな私の面倒を根気強く見て下さった担当のＭ様にも厚くお礼申し上げます。ピザうめぇ。

それでは次回、『エロティクス課長（仮題）』でお会いできたら幸いです。タイトルと内容は絶対変わると思います……。

水戸　泉

ジュエル文庫をお買い上げいただき、ありがとうございます!
ご意見・ご感想をお待ちしております。

ファンレターの宛先

〒102-8177　東京都千代田区富士見2-13-3
株式会社KADOKAWA　ジュエル文庫編集部
「水戸 泉先生」「幸村佳苗先生」係

ジュエル文庫
http://jewelbooks.jp/

エロティクス・ミカド
姫《ひめ》は後宮《こうきゅう》に堕《お》ち、龍帝《りゅうてい》の子《こ》を孕《はら》む

2020年２月１日　初版発行

著者　水戸 泉

イラスト　幸村佳苗

発行者 ———— 青柳昌行
発行 ———— 株式会社 KADOKAWA
〒102-8177 東京都千代田区富士見2-13-3
0570-06-4008(ナビダイヤル)
装丁者 ———— Office Spine
印刷 ———— 株式会社暁印刷
製本 ———— 株式会社暁印刷

●お問い合わせ（アスキー・メディアワークス ブランド）
https://www.kadokawa.co.jp/（「お問い合わせ」へお進みください）
※内容によっては、お答えできない場合があります。
※サポートは日本国内のみとさせていただきます。
※ Japanese text only

※定価はカバーに表示してあります。

Printed in Japan
ISBN 978-4-04-912411-8 C0193

◇◇◇